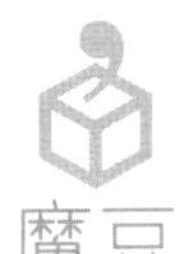
魔豆

魔豆

醉琉璃 著
花的幻想鄉
神使劇場
The Story of GOD's Agents

目錄

楔子

晚上十一點多的繁星市，街上行人肉眼可見地變得稀少。路邊店家不是拉下鐵捲門，就是準備打烊。

但藏在巷弄裡的銀河方舟酒吧卻是正熱鬧的時候。

店內布置相當符合店名，吧台弄成船艦的形狀，天花板和地板則是設計成星空的圖樣，上頭的星星都在閃著微光。

昏暗的光線不至於掩蓋星子的光芒，反而增添情調：懸掛在牆邊的夜光彩繪毯時不時變換，帶來絢爛的視覺效果。

銀河方舟酒吧的沙發區都已滿座，只剩下吧台前還有空位。

吧台此刻只有一名眼鏡男坐在那，正有一搭沒一搭地與調酒師閒聊著。

他是銀河方舟酒吧的常客，調酒師自然熟知他的喜好，很快爲他送上了一杯紅藍白相間的雞尾酒。

眼鏡男今天心情看起來不太好，即使是和調酒師聊天，也難掩眉宇間的鬱悶，喝酒的速度更是比平時來得快。

不到片刻，杯裡的酒就被喝個精光。

「看樣子心情眞的很不好啊……我請你再喝一杯吧，看在我們曾是同事的份上。」

調酒師以熟練花俏的手法搖動起雪克杯，再將雪白的液體倒入酒杯中，杯緣抹了一圈鹽巴，還插上一片檸檬。

那杯漂亮的調酒被推到眼鏡男面前。

「喝吧，喝一喝說不定能改變心情。」

「哪可能那麼簡單？除非那些笨蛋終於都有了一顆聰明的大腦！」眼鏡男白了前同事一眼，「你知道我今天去幹嘛了嗎？」

「當然不知道，我又不是你肚子裡的蛔蟲。」

「我去桃園出差。」

當「出差」兩字一說出口，調酒師眼中便流露出一抹恍然之色。

「啊，大概可以理解了……」

「啊啊，我眞是受夠出差來回四個小時，就爲了去打開一個工廠的人跟我再三保證有打開的伺服器開關！」眼鏡男說到激動處，忍不住用力拍著吧台桌面。

「喂喂，小心你的酒啊！」幸好調酒師眼明手快，及時撈起酒杯，搶救了那杯雪白調酒，「你弄翻了我可不會再請你的。」

「啊，抱歉抱歉……但也不能怪我，要是你碰到這種事情……」眼鏡男吐出一大口怨氣，「我今天的時間幾乎都浪費在這件事上，就爲了那個開關……那個該死的、只要有人打開就能解決所有問題的開關！」

「你當我沒碰過嗎？」換調酒師給了他一枚白眼，「不然你以爲我幹嘛轉換跑道？」

「也是喔……」眼鏡男撓撓近期掉得有點凶的頭髮。

「我看你也該學學我，否則那種鳥事只會持續下去。」調酒師苦口婆心地勸著，「想當初我每次出差，內容根本都大同小異，我都可以列出一套ＳＯＰ給你看了。所謂的出差就是——一，插電；二，接一條網路線；三，打開電腦，然後發呆。講白點就是坐在別人那邊浪費時間。」

「你也眞慘啊。」眼鏡男心有戚戚焉地說，「不過換工作的事再說吧，誰教上面開的薪水還不錯。」

「那只能安慰我的肉體，不能安慰我的心靈。」調酒師一臉不以爲然。

「算啦算啦，說別的事吧……」眼鏡男主動換了話題，「你有沒有認識還單身的女孩子？有的話能不能介紹一下？你也知道我們公司裡幾乎都男的，僅有的幾個女生不是結婚就是有男朋友或女朋友了，想要發展都沒機會。」

「我再幫你問問啦，不過你也可以自己想辦法搭訕一下。」調酒師給予建議，「你看這裡也有不少獨自來的女孩，你就大方點，請人家喝杯酒，和對方聊一聊，說不定就能順利。」

「不好意思，給我一杯沙漠金星。」悅耳女聲從旁傳來，一名身著紅衣的年輕女性對著朝自己看來的眼鏡男和調酒師露出一抹笑。

眼鏡男瞪大眼，感覺自己的心臟突然失速狂跳，四周的音樂和人聲似乎都被隔絕開來，耳中只能聽得見紅衣女子的說話聲。

紅衣女子膚色雪白、面容清純，可微勾的眼角和天生的笑唇勾人得很。尤其塗了乾燥玫瑰色口紅的豐滿嘴唇更是無形中流露性感，讓她散發出一股又純又欲的獨特魅力。

眼鏡男覺得自己的胸腔裡像住著一隻小鹿。當女子在自己旁側落坐時，他感覺那隻小鹿瞬間變爲一隻大象，象頭不停地撞著他的心口，讓他的心跳越來越猛烈。

紅衣女子慢條斯理地品嚐著她的沙漠金星，似乎就只是想要靜靜享受這裡的氣氛。

眼鏡男忽地想起調酒師先前的建議，他立刻坐直身體，一改先前萎靡的神色，「再來一杯夢幻海洋，請這位小姐的。」

紅衣女子臉上閃過微訝，隨即又笑開來，「那我就先謝謝你了。」

眼鏡男本想藉著請酒來開啓話題，可沒想到紅衣女子似乎沒有與人聊天的意思，道完謝後只是安靜地喝著酒。

眼鏡男心裡失落，但也不好唐突對方，只好繼續哀怨地悶著喝酒。

調酒師爲自己的朋友沒有桃花運嘆了一口氣。

但就在眼鏡男覺得沒指望之際，喝完酒的紅衣女子霍地朝他微傾身子，一下拉近了彼此間的距離。

「謝謝你請的酒，很好喝。」女子綻放艷美的笑容，手指甚至若有似無地撫過了眼鏡男的大腿，如同無聲的勾引。

眼鏡男僵直身體，感覺一股麻癢從大腿位置一路傳到後背，讓他頭皮像要炸開。

隨著挑逗般的吐息拂過眼鏡男耳畔，紅衣女子抽身而退。

她拎起自己的包包，款款走向大門方向，在她伸手拉開門把之前，驀地又回過頭，向眼鏡男露出了嫵媚的笑意。

「她……她是不是在撩我？」眼鏡男呆呆地問道：「我是不是該追上去？」

「不錯嘛，春天看樣子要來了，可以先試著問問聯絡方式。」調酒師拍拍他的肩膀，「不過還是多留點心眼，免得碰到有人故意搞仙人跳，你可別傻傻就上當啊。」

「你當我是三歲小孩嗎？我才不會輕易被騙。而且就算有人想找麻煩我也不怕，我可以一個打三個。」眼鏡男對此很有信心。

眼看紅衣女子走出了酒吧，眼鏡男顧不得酒都還沒喝完，拔腿追了上去。

調酒師聳聳肩膀，燈光下的他眼裡閃動著奇異的金色光澤，握著雪克杯的手指冒出了尖銳的爪子。

而越過人群的眼鏡男腳下影子則是出現了變形，乍看就像猙獰的野獸。

無論哪一種，都不是人類該有的姿態。

事實上，眼鏡男和調酒師也不是人類。

他們眞正的身分，都是妖怪啊。

現代社會裡，其實處處隱藏著人類以外的種族。

他們有各式各樣超乎想像的外貌，只不過平時都僞裝成人的模樣，像個普通人般在人世間生活著。

若他們不特意展露原形，誰也不會知道與自己擦身而過的究竟是人或是非人。

他們有各自的名字，但都統一概稱爲——

妖怪。

眼鏡男就是其中的一分子。

他是個犬系妖怪，原形像狼犬，只不過體型遠比一般狼犬大上兩倍，額前還有三根棘刺。

雖然身爲妖怪能擁有異於常人的力量，但眼鏡男也不敢隨意惹事生非。

畢竟妖怪也是有剋星的，那就是狩妖士與神使。

前者顧名思義便是狩獵妖怪的人；後者則是神明在人間的使者，被賦予部分神力，他們的力量更令妖怪十分忌憚。

一旦在人間為惡，就會引來狩妖士與神使。

更不用說這座繁星市還是神使的大本營，傳聞中的神使公會就座落於此。眼鏡男從其他妖怪口中聽聞過，神使公會裡都是可怕的大人物，沒事千萬別招惹。

眼鏡男自認是個奉公守法的好妖怪，就算合作的客戶有時候智障得讓妖抓狂，他也沒有發飆過。

事實上，今晚的主動出擊搭訕可說是眼鏡男目前做過最大膽的事了。

剛跑出銀河方舟酒吧，他就發現了那抹紅色的窈窕身影。

紅衣女子對他微微一笑，笑中似有曖昧風情，讓他的一顆心不禁撲通撲通直跳。

紅色的衣裙、黑色的高跟鞋，還有雪白的膚色，成為他眼中最美麗的色彩。

眼鏡男鼓起勇氣，想開口向她要LINE，但話還沒來得及說出口，就見到對方朝自己勾勾手，接著又轉身朝小巷另一端走。

眼鏡男就像被勾了魂，雙腳不由自主地朝對方離開的方向邁動。他整顆心都放在女子身上，絲毫沒察覺路已越來越偏僻，周遭的燈光也越來越稀少。

直到他們走進了一條死巷。

紅衣女子停下步伐，她撥了撥頭髮，笑得動人，「過來啊。」

眼鏡男終於後知後覺地意識到事情有點不對勁，還沒等他掉頭離開，紅衣女子猝不及防地張唇吐出了一口粉紅色的煙霧。

粉色霧氣迅速拂過眼鏡男面前，被他反射性吸了進去，腦袋登時一陣暈眩，意識逐漸渙散。

他大吃一驚，心中頓覺不妙，本能催促他趕緊遠離這女人。

對方恐怕和自己一樣……都是妖怪！

眼鏡男簡直不敢相信自己的運氣可以差到如此地步，他本來還爲紅衣女子的主動心喜，誰知對方竟然不是人！

他繃緊全身肌肉，也顧不得維持人形了，臉部立時變換成獸首，灰棕色的厚厚毛髮覆蓋在他的手臂、脖頸。

紅衣女子卻是輕笑一聲，張口又接連吐出好幾口粉紅色的煙霧。

「來不及啦。妖怪的味道那麼香，你以為我會放過你嗎？」女子咯咯笑著，滿意地看見眼鏡男的雙眼瞬間變得茫然，放棄了任何掙扎。

在重重霧氣環繞下，他呆呆立在原地，似乎忘記自己原本要幹嘛。如果他的神智還保持清醒，就會發現周圍的環境也出現異常的變化。

柏油路上不知何時伸展出大量細細花莖，赤紅如血的花瓣聳立，內側底部染著漆黑，大而華美的花瓣如碗般將花心包在中央。

朦朧的夜色下，這些紅花看起來妖異又艷麗。

若是熟知植物的人見到了，或許很快就能辨認出來，這原來是一片罌粟花海。

花罌粟笑得愈發靡艷，原先盤踞在眉宇間的清純一掃而空。

她在進去銀河方舟酒吧時，就盯上了這個眼鏡男——對方散發的妖氣明顯得很，簡直像在呼喚她趕快過去品嘗。

她舔舔嘴唇，殷紅的舌尖在唇瓣上掃了下，眼裡是深沉的貪欲，看著眼鏡男的眼神像在看一道美味的開胃料理。

以花罌粟挑剔的眼光來看，普通人類吃起來沒什麼味道，妖怪的滋味就好得多了。

但最上乘的食物，卻是具備著部分神力的神使。

神使聞起來太香了，從頭到腳都誘人得要命，全身像散發著蜂蜜奶油味還有果香，讓人恨不得多聞幾口，最好是能大啖他們的血肉。

然而神使身懷的神力不容小覷，否則也不會讓大多數妖怪聞風喪膽。

花罌粟對自己的實力還挺有信心，要是能碰上落單的神使，說不定可以成功擊倒對方。可惜至今她碰上的神使都是結伴行動，讓她難以順利施展手段。

不過吃不到神使，先吃吃妖怪也是不錯的。

花罌粟微抬手指，數條花莖馬上暴增長度，如繩索般牢牢纏捆住眼鏡男的身體。

「你想要什麼？來吧，向我展露你內心最深處的渴望吧。」花罌粟捏著眼鏡男的下巴，甜膩的嗓音像要鑽進對方心底，「快啊，快告訴我。」

那些積壓在心中的欲望一旦被釋放，目標物血肉的鮮甜度就會增加，讓風味更上一層樓，可以說就像是一種奇妙的調味劑。

花罌粟最喜歡吃這些經過調味的食物了。

「我……」眼鏡男眼神迷茫，在花罌粟的柔聲誘哄下，他覺得身體軟綿綿懶洋洋的，大腦彷彿要融化一樣，壓在內心深處的祕密欲望不知不覺地吐露出來，「我想要帶妳回我家……」

「想帶我回去做什麼呢？」花罌粟笑得愈發妖嬈，有如一朵美麗的毒花。

「帶妳回家……」在心智被操控下，眼鏡男順從了自己的渴望，大聲地吶喊，「陪我看我主推的Vtuber解整晚的微積分！」

花罌粟表情僵住。

眼鏡男還在喋喋不休地說著，說他熱愛的Vtuber多麼可愛、多麼棒，他一直都希望能找個和自己擁有相同興趣，或者能理解自己興趣的女朋友。

但不知道為什麼，每個被他邀請回家的女性都是臉色鐵青地甩門而去。

「媽的，神經病！」花罌粟臉色也跟著鐵青，不想再聽眼鏡男多說廢話，在她的命令下，又一朵罌粟花高高升起。

它的花瓣越來越大，最末倒垂下來，有如一個籠子將眼鏡男的半截身體吞沒進去。

花罌粟平常喜歡親自吸食獵物的血液，撕扯獵物的肉，但這個眼鏡男讓她忽然失了胃口，她乾脆讓罌粟花代勞這項工作。

只見長長的花莖就像運輸養分的管線，開始一伸一縮地鼓動。

花罌粟身上裙子的色彩變得更鮮艷，就好像下一秒會沁出濃郁的鮮血，滴滴答答地墜至地面，開出小朵小朵的血之花。

如果不受打擾，只要十幾分鐘那朵大罌粟花就能把眼鏡男吞得連骨頭都不剩。

可就在下一剎那，花罌粟身子猛地一震。

她聞到了……

蜂蜜奶油味還有果香的味道！

這附近有神使！

而且聞起來，似乎只有一個人。

這對花罌粟來說無疑是天賜的大好機會，這下她也顧不得進食作業才進行到一半，反正也吸不少血了。

開綻在死巷內的罌粟花海轉眼消失無蹤，就連包裹住眼鏡男半身的大罌粟花也跟著被收了回去。

臉色蒼白的眼鏡男被扔到地面上，他一動也不動，皮膚變得乾癟，但仍在起伏的胸膛顯示出他還有生機。

花罌粟看也不看對方一眼，身形霎時化成無數殷紅花瓣，消失在這條陰暗的死巷。

那是如此甜蜜誘人的味道。

讓饞蟲都被勾引出來了。

靠著陣陣香氣，花罌粟準確找到了那名神使的位置。

最重要的是，眞的只有他一個人。

那是個還穿著制服、揹著書包的高中生，上半身是淡紫色的襯衫，下半身是深紫色的長褲。個頭不高，頭髮鬈曲亂翹，乍看下像是把鳥巢頂在頭上。

他渾然不覺危險已暗中接近，依舊邁著雙腳往前走動。

花罌粟在繁星市逗留了不短的時間，當下認出那是繁星高中的制服。

她忍不住舔了下嘴唇，年輕青稚的神使，眞的是令妖食指大動，她迫不及待要好好享受對方的滋味了。

他的血一定更甜，肉一定更嫩，就連骨頭想必也別有風味。

花罌粟埋伏在暗處，耐心地等候著。直到那名男高中生從大馬路邊彎進了一條更窄的巷弄裡，她這才張唇吐出了好幾道粉紅色的霧氣。

爲了不讓獵物還有反抗意志，她特地加重了霧氣的量。只要吸進去，就會讓人心神恍惚，短時間內難有還手之力。

淡淡的粉色從男高中生腳下接近，一圈圈向上環繞，等到他終於發覺事態有異，已不知不覺地將霧氣吸進體內。

矮小的紫色人影登時靜立原地，像是一尊雕像。

花罌粟揚起愉悅的笑容，直接顯露身形，緩緩朝獵物走近。

果然就如她所預料，只要失去清明的意識，那麼就算神使的力量再怎麼強大，也都只能成爲她掌中的傀儡，任憑她操控了。

花罌粟繞到男高中生面前，在路燈映照下，對方的面容稚嫩到令人不由得懷疑他的眞正年紀。

比起高中生，他看起來更像國中生。

鬈髮男孩眉清目秀，兩頰及鼻尖有著淡淡的雀斑，一雙本該有神的大眼睛此刻卻是茫然得很。

花罌粟並不在意對方的長相如何，只要夠好吃就足夠了。

她心情激動亢奮，身子甚至忍不住微微顫抖，沒想到這一天能實現自己期盼許久的願望。

她終於能吃掉神使了。

花罌粟心念一動，深黝的路面轉眼綻放出一朵朵血紅的罌粟花，明明此時無風，它們卻輕輕地擺晃起來，猶如一張晃動的血色地毯。

罌粟花在搖曳間發散出奇異的甜膩香氣，幾條花莖伸長，像一條條靈活的蛇纏縛住鬈髮男孩的手腳。

男孩就像任人擺布的人偶，將他纏得緊緊的莖條襯得他脆弱無助。

爲了增加食物的美味度，花罌粟對他甜蜜誘哄。

「說出你的欲望吧……來吧，毫無保留地向我坦露一切吧。告訴我，你最想要做的是什麼？」

男孩的雙眼沒有焦距，「我想要……」

「對，快說出來。願望、渴望、欲望……」花罌粟雪白的手指撫上他的臉頰，臉上爬上妖冶的紅紋，似乎正逐漸擴散，「說出你真正想要的。」

「我想要……我想要全世界最可愛的小天使喊我大葛格——」男孩用盡全力吶喊出聲，那強而有力的喊聲彷彿能貫穿黑夜，撕開一切。

起碼花罌粟的從容不迫就被撕開了。

「你們這些男人到底是哪裡有毛病啊！」花罌粟暴怒，一張姣好的臉蛋跟著扭曲，徹底失去了原先的好心情。

「否定，小柯沒有毛病。只是……變態了一點。」輕飄飄的嗓音冷不防落下。

明明輕巧似羽毛，卻讓花罌粟渾身一震。

就在這瞬間，一道紫影疾如閃電般從高處竄下，緊接著銀光驟閃，直逼著花罌粟撫上男孩臉頰的那隻手臂而來。

「誰！」花罌粟變了臉色，窈窕身影迅速散逸成眾多艷紅花瓣，讓不明人士的攻擊落了一個空。

銀光沒有停滯，直接來到鬈髮男孩身前，精準劈開纏在對方身上的那些細韌花莖。

花罌粟重聚身軀時，出手攻擊她的人也暴露了面目。

那是一名穿著制服的長髮少女，制服款式和鬈髮男孩的極為相似，淺紫色上衣、深紫色膝上裙。

少女留著齊劉海，膚色帶著不健康的病氣，手裡握著一把收合起來的紫色蕾絲洋傘，傘尖如同劍尖。當她不言不語的時候，宛如一尊等身大的人偶。

花罌粟很確定自己在那名少女身上沒聞到屬於神使的香甜氣味。

倘若不是神使，難道說是……

「狩妖士！」花罌粟神色變得狠戾。

她曾在別的縣市與狩妖士對上，雖說當時在多人的圍攻下只能敗退，但對方也沒討到好處。

她扯下其中一人的一大塊肉，慘叫是最助興的調味，鮮血是最美麗的色彩。

但她萬萬沒想到，狩妖士的肉居然難吃得要命。

這讓她從此把狩妖士剔除於她的菜單上。

「還是否定。」秋冬語佇立罌粟花海中，四周的艷色花朵襯托得她格外蒼白脆弱。

然而從剛剛迅疾的一擊來看，花罌粟一點也不認為「脆弱」兩字能與那名少女劃上等號。

花罌粟難以捉摸對方的身分，但顯然不會是普通人類。她面露一絲猶豫，一時難以取捨該走還是該留。

可是，她好不容易才抓到神使。

對吃的渴望還是壓倒了花罌粟內心的躊躇，她無論如何都不想錯過這難得的機會。

花罌粟指尖細不可察地一動，罌粟花海搖晃得更猛烈，發出了沙沙聲響。

下一瞬，無數花瓣漫天飛揚，遮蔽了周遭視線。

花罌粟想趁機將鬈髮男孩帶走，可才剛接近對方，竟先有另一隻手猛地扣住了她。

「抓到妳了，花罌粟。」

充滿活力的聲音笑嘻嘻地說。

花罌粟駭然。

「或者我該直接喊妳，罌粟花妖？」以為被迷惑心神的鬈髮男孩眼一眨，眼裡絲毫不見迷茫，赫然是清醒得不可思議。

一個匪夷所思的猜想躍上花罌粟心頭。

該不會……這個神使從頭到尾都是僞裝的？

「神使公會推出的靜心凝神薄荷糖，值得大家擁有喔！」柯維安露出狡黠的笑容，接著抬腳用盡力氣往花罌粟身體一踹，「小語，換妳了。」

「收到，明白……」秋冬語的嗓音從花瓣之雨後傳來。

她的尾音甚至都還沒落下，身影就已迅若疾雷地穿過紛飛的血紅花瓣，轉眼逼至花罌粟面前。

花罌粟瞳孔劇烈收縮，眼中倒映出直逼而來的傘尖。

危急之際，花罌粟身前的罌粟花暴漲，大量花莖如飛蛇般朝秋冬語的四肢與洋傘纏捲上去。

抓緊秋冬語不得不閃躲的機會，花罌粟轉身鎖定柯維安。

她還是沒有放棄要帶走對方的企圖。

那是她的食物，她的佳餚，誰都別想阻止她！

花罌粟的髮絲也化成糾結纏繞的枝條，迅雷不及掩耳地探向柯維安。

柯維安的笑容僵住，恐怕沒料想到罌粟花妖居然不曾對自己死心！

他驚險萬分地往地上一翻滾，雖然避開了花罌粟的頭髮，卻忘了路面上開滿的罌粟花也出自花罌粟的身體。

他才正要爬起來，就感覺到手腳傳來了勒纏的感覺。

「要死了！」柯維安發現自己的手沒辦法順利打開書包，拿出裡面的筆電。沒了筆電，他就叫不出自己的神使武器，只能是砧板上任人宰割的魚了。

眼看花罌粟就要抓住柯維安，秋冬語這時已掙脫束縛，再次和她纏鬥起來。

花罌粟內心的焦躁和怒氣越疊越高，當她鼻間倏地嗅到一股濃馥的香氣時，忍不住咒罵一聲。

那是蜂蜜奶油味還有果香的味道。

又有神使出現。

而且是更多的神使！

那些越來越清晰的腳步聲讓花罌粟明白，對方是沖著這裡來的。

恐怕從頭到尾，神使們就是爲了抓捕自己才設了這個局。

花罌粟猜的沒錯。

即使她做得再怎麼隱祕，但她吃了妖怪、傷害狩妖士和神使的事，終究是走漏了風聲，所以柯維安幾人暗中謀劃，就爲了讓她上勾。

花罌粟想甩開秋冬語，但那把紫色的蕾絲洋傘簡直如影隨形，纏得她喘不過氣。

她心裡清楚，這個長髮少女已夠難纏，若再遭到更多神使圍攻，只怕會難逃一劫。

花罌粟臉上閃過了一抹戾色。

既然如此，那就誰都別想好過。

花罌粟腳下轉瞬長出一叢新的罌粟花，只不過這回的花瓣染成了詭異的闃黑。

黑色的罌粟花急速膨脹，眨眼成了圓滾的球體，有如圓圓的黑氣球飄浮在空中。

當多道人影趕至此處，說時遲、那時快，一朵朵的黑色罌粟花竟是爆炸開來。

大量赤紅煙霧宛如孢子噴發，形成了驚人的煙塵，無孔不入地鑽進這方領域的任何一個空隙，也包括在場所有人的臟腑。

柯維安最後記得的是滿天的紅色，還有穿透紅霧的大叫聲——

「柯維安！」

第一章

白髮男孩怔怔地坐在馬桶上，他像是在發呆，又像是在想著什麼事。

直到門外傳來了一陣「叩叩叩」的敲門聲。

「小一刻，你好了嗎？」直爽的女聲問道：「你便祕了嗎？需要姊姊幫你放幫助排便的音樂嗎？」

「便你老木啊！」一刻反射性怒吼出聲，「誰便祕了？麥亂講話！」

吼完後他才猛然回過神來，發現自己居然在廁所裡待到出神了。

「眞的沒事？你蹲得有點久耶，你今天不是要和小染他們出門玩？」宮莉奈在門外喊著，「東西都收好了嗎？還沒的話我來……」

「不用妳來！」一刻這下徹底忘記自己怎麼會在廁所裡發起呆了，他迅速解決完人生大事，再猛力拉開門。

宮莉奈果然還杵在門外，對收拾行李這件事一臉躍躍欲試。

「小一刻，其實你不用急嘛，就交給……」

「交妳的大頭鬼。」一刻面無表情地把自家堂姊推開，大步走向自己的房間，關門前不忘對她嚴厲警告，「妳要是敢闖進來，就換我去突擊檢查妳的房間。某人好像答應過我，這禮拜會好好整理的。」

「咳咳咳咳！」留著波浪長鬈髮的清秀女子突然爆出一陣驚天動地的咳嗽，「咳咳！小一刻你在說什麼啊？我忽然想起有事要做，就不打擾你了！」

看著宮莉奈宛如腳底抹油般飛快溜走的模樣，一刻嘴角肌肉抽了抽，不用想他也猜得出來，那人的房間絕對沒有整理。

一打開門，恐怕還會見到猶如腐海之森的慘烈現場。

沒錯，宮莉奈就是弄亂環境的天才。

要是讓她對自己房裡的東西伸出魔掌，不用多久，房間鐵定會變成亂七八糟的垃圾場。

一刻懶得去把堂姊逮回來，他走進房，動作俐落地把三天兩夜要用到的東西都塞進包包裡。

他拉開衣櫃，挑了幾件衣褲，從鑲在櫃門上的穿衣鏡瞧見自己的身影。

白髮有些凌亂地翹了幾撮，兩隻耳朵打了好幾個耳釘，板著的一張臉看起來讓人難以親近。

直白點就是，很凶。

明明是看慣的臉，但一刻卻突然產生一瞬的恍神，依稀覺得鏡裡的自己哪裡不對。

不，一定是自己想多了……

一刻搖搖頭，把掛在椅背上的利英高中制服順便收進衣櫃裡，然後拎著包包，大步離開房間。

門一打開，撞入眼中的就是宮莉奈的臉。

「靠杯啊！」一刻被嚇了一跳，差點就把門用力甩上，「莉奈姊，妳是想嚇死誰？幹嘛在外面不出聲？」

「我準備要出聲，你就開門了啊。」宮莉奈無辜地說，「我是要來告訴你，小染跟阿冉在下面等很久了。」

「啊？啊啊啊？」不能怪一刻冒出錯愕的喊聲。

如果他的記憶沒出錯，他們這趟三天兩夜的度假村之旅，是約在潭雅火車站集合。

為什麼蘇染跟蘇冉會跑到他們家來？

緊接著，一刻又意識到宮莉奈的話裡還透露出某個訊息。

「等等，什麼叫作在下面等很久了？」

「就是他們在我不知道的時候，就已經進來客廳裡坐著等了。」宮莉奈笑咪咪地說，「我剛下樓才發現他們來了。別擔心，我有拿飲料請他們喝。」

「這是有沒有請他們喝飲料的問題嗎？」一刻抹把臉，「這他媽的是他們擅闖民宅的問題吧！啊，算了……當我沒說。」

一刻像感覺疲累地垮下肩，吐了長長的一口氣。

他怎麼就忘了，他的這對青梅竹馬別說是擅闖民宅了，半夜還會闖到他房間來。

有時早上起來冷不防發現房間床上或地板多了兩個人，簡直是考驗人的心臟。

一刻全然忘了，假如他用盡全力、嚴肅地制止蘇染和蘇冉，那麼那些事情就不會在他房內上演。

他對那對雙胞胎姊弟總是有著不自覺的縱容。

一刻和宮莉奈下了樓梯，果然見到客廳裡坐著兩抹相似的人影。

黑髮少女綁著兩條長辮，容貌清麗清冷，粗框眼鏡爲她增加了知性。

黑髮少年戴著耳機，劉海偏長，幾乎壓著眉毛，五官俊秀，散發出安靜的氣質。

兩人初看如同一個模子印出來，讓人一眼就能看出他們之間的血緣關係。

一聽見腳步聲出現，沙發上的蘇染和蘇冉馬上轉過頭，他們的目光直直落在一刻身上，隨後提出了質問。

「一刻，你不是該穿制服嗎？」

「應該要穿制服的，一刻。」

「啊？三小啊？」一刻一臉的莫名其妙，「你們到底在說什麼鬼？我去玩幹嘛要穿制服？」

蘇染亮出她的手機，「你沒看訊息對吧。銀河方舟度假村推出了制服日，只要穿著學生制服入村，就能享受六五折優惠。如何，心動嗎？」

「聽起來的確很划算……不對！」一刻差點被蘇染帶偏了思緒，他揚起眉毛，銳利地盯住她和她的弟弟，「那你們幹嘛不穿？憑啥要老子穿？」

「你穿起來好看。而且高中制服是期間限定，畢業後就看不到你穿了，能多看我們當然想多看。」蘇染搬出她的理由。

「非常想看。」蘇冉幫忙推波助瀾，「一刻會穿吧。」

「所以你們幹嘛不穿？爲什麼只叫我穿？」一刻不爽地說。

「畢業後只要你想看，我們就會穿給你看。」蘇染推推眼鏡。

「不管何時何地，只要你希望。」蘇冉認眞道，「除非一刻你畢業後，也會願意。」

「不管何時何地，只要我們想看你就穿……如果一刻你能做到這種程度的話。」蘇染的眼神流露出期待。

「何你老木！誰會做到這種程度啦！」一刻黑了一張臉。

「我們。」蘇染和蘇冉異口同聲地說。

「哎唷，小一刻你就穿嘛。」旁觀全程的宮莉奈鼓吹著，「穿啦穿啦，穿一下也不會怎樣，難道你要讓小染和阿冉失望嗎？你看人家都願意爲你付出那麼多了。」

「夏墨河說他們也穿了，但我們只想看你的。」蘇染瞬也不瞬地瞅著一刻不放。

「你穿才好看。」蘇冉點頭。

「啊啊……隨便你們啦，眞是的！」一刻最後還是屈服了，他胡亂耙了下頭髮，認命地回到樓上換了制服再下來。

「路上小心，好好玩喔。」宮莉奈朝三名年輕人揮手道別，「要是晚上不小心擦槍走火、意亂情迷的話，千萬記得做好防護，無論如何都要戴去——」

一刻的怒吼聲瞬間響徹了藍天。

「宮莉奈妳給老子閉嘴啊！」

適逢暑假開始，又碰到週末，潭雅火車站的人潮彷彿像要淹出來似的。密密麻麻的遊客絡繹不絕地出站入站，到處都能見到黑壓壓的腦袋。

從公車下來，一刻他們尋找著朋友們的身影。

雖然尤里有在LINE群組裡說他們就在南一門前面等候，但由於人實在太多了，一刻三人還是花了點時間才找到。

或者說，是尤里先發現到一刻的。

「一刻大哥，這邊這邊！我們在這裡！」體型圓潤的小胖子露出了愉快的笑容，拚命往一刻等人的方向揮手。

一聽見熟悉聲音傳來，一刻他們馬上成功鎖定同伴所在的位置。

尤里待的角落就像在發光一樣。

也可以說發光的是他身邊的兩名美麗少女。

一人長髮過腰，烏黑豐厚的髮絲閃爍著迷人的光澤，穿著配色簡單的連身長裙，氣質典雅恬靜，望見一刻幾人過來時，露出了淺淺的笑。

一人同樣留著長髮，但綁成了長長的馬尾，露出皎白纖細的頸項。學院風的打扮，腳上套的是低跟短靴，在靴子與短裙之間露出的雙腿筆直修長，像是要晃花他人的眼。

被兩位美少女環繞的尤里，不自覺間引來了多數同性羨慕嫉妒的眼神。

只不過那些人恐怕想破頭也不會想到，其中的馬尾少女壓根就不是女孩子。

他的真正性別是——男。

讓一刻來說的話，夏墨河就是喜歡女裝。可別看人家秀秀氣氣，說不定裙子下的鳥還比別人大。

「幹！」一刻一看見尤里、夏墨河和花千穗身上的服裝，立刻橫眉豎眼地怒視蘇染，「蘇染妳騙我！」

說好他們也會穿制服呢？

結果搞半天，穿制服的只有他一個！

「對，我騙你的。」蘇染毫不心虛地承認。

面對蘇染如此理直氣壯的態度，一刻動動嘴巴，最後還是吞下了抱怨。

都已經變成這樣了，他總不能再逼其他人回去換一套制服過來吧。

「怎麼了？怎麼了？一刻大哥你們在說什麼？」尤里疑惑地看看一刻，又看看他旁邊的雙胞胎姊弟。

夏墨河倒是從一刻的表情、視線，以及簡略的話語，推斷出大致發生了什麼事。

「蘇染他們騙你穿上制服了？」夏墨河笑著說，「不過到時候就能享六五折優惠，這樣還是很划算的，一刻同學。」

「假日還得穿這身，搞得我像是沒放假……」一刻嘀咕著，視線落到了花千穗揹著的巨型背包上，「花千穗，妳東西會不會帶太多了？」

「我想幫小千拿，但她不肯給我……」尤里喪氣地垮著肩膀。

「包包不重，真的。」花千穗面對其他人都是有禮貌的微笑，但面對尤里，也就是自己男友時，笑容裡登時像揉了花蜜，「而且尤里你自己都揹了一個包包了。」

「我的也不重啊。」尤里還是想將女朋友的行李接過，就怕累到對方。

「既然你的不重，那就一起讓我揹好了。」花千穗為自己沒早點想到這個主意而懊惱。

一刻面無表情，感覺自己被迫觀看了一對情侶在那放閃。

尤里和花千穗最後誰也沒成功說服誰，各自還是揹著自己的包包。

但對一刻來說，起碼他可以不用再面對這兩人的粉紅泡泡攻擊了。

他們訂的火車票是十點四十五分的班次，再二十分火車差不多就要入站。

雖說從南一門到第三月台大概只有五分鐘的距離，不過今天的人實在太多，擠過去可能會花比平時更多的時間。

穿越連接月台之間的走道，一刻幾人來到了樓梯口。

剛好有列車入站，車門一打開，瞬間擁出大批下車乘客，同時樓梯間還有不少想要搭上這班車的人。

深怕自己趕不上，有的人不管樓梯上塞滿了人，推推擠擠地硬是往前衝，揹在側邊的包包還撞到了別人。

突來的力量撞得那人一時站不穩，眼看就要往前栽下——

「小心。」一刻正好在那人附近，眼明手快地扯住了對方的衣領，即時穩住對方。

「謝、謝謝……」被救的那人心有餘悸，連忙轉頭向出手的一刻道謝，「眞的超級感謝的！」

「不客氣。」一刻簡短地回應穿著制服的娃娃臉男孩，目測對方應該只是個國中生，「我們再不動，後面也要塞車了。」

「啊，不好意思！是我沒注意到，對不起！」娃娃臉男孩也意識到自己造成了他人的不便，匆匆道歉了幾句，就趕緊順著前面的人潮下了樓梯。

一刻沒把這段小插曲放在心上。

而此時的他也不會知道，過不久，自己又會再次碰上這名娃娃臉男孩。

當十點四十五分的自強號進站，第三月台上等候的乘客紛紛往前，不時還能聽到車站人員的吹哨聲，要大家往後退，退到黃線以內。

柯維安和秋冬語也是要搭上這班車的人。

即使是假日，他們還是穿著繁星高中的制服，引得周圍乘客忍不住多看幾眼。

柯維安踮著腳尖朝四周東張西望，像在尋找著什麼。無奈他個子矮小，目光難以突破旁邊的人牆。

「小柯，找什麼？」秋冬語問道。

「只是想看看剛幫助我的那個人，是不是也在月台上……」柯維安踮得腳都痠了，乾脆放棄。

「不找了嗎？要不要……我把你抬高？」秋冬語朝柯維安伸出兩隻手臂。

「不用了。」柯維安迅速搖頭拒絕，要是被秋冬語舉起來，他馬上就會成爲焦點了，「我就只是看看……唉，我總覺得那個人應該有個可愛的妹妹，要是能趁機認識一下就好了。」

「無法理解……」秋冬語困惑地歪了歪頭。她方才也有瞧見拉了柯維安一把的那名白髮少年，著實想不通柯維安究竟是從哪裡看出對方有個可愛妹妹。

柯維安自信滿滿地豎起手指，說出了他先前觀察到的線索，「那個男生的包包掛著一串可愛的吊飾，上面也別著好幾個小熊徽章。我跟妳說，會用可愛東西的人，就會有個可愛的妹妹，這是男人的直覺，信我！」

「嗯，不信。」秋冬語輕飄飄地給出打擊，「小柯又在……胡說八道。」

「我才沒有，我的直覺眞的這樣說啦。」柯維安垮著臉，跟著前方人龍移動。

他和秋冬語的座位在第十車廂，但爲了快點上車，他們選擇的是排隊長度相對短一些的第八車廂。

車廂走道上也擠滿了人，大家都在艱困地往前或往後挪動。

柯維安兩人花了一段時間才順利擠到第十車廂。

柯維安這時已累得滿身汗，他看著車票上的座位號碼，找到了他和秋冬語的座位。

柯維安脫下背包，使勁地伸長手臂，想把包包放到上面的置物架，結果一個重心不穩，包包竟是往下掉，眼看就要砸到自己的腦袋。

在柯維安的驚叫聲中，一隻手臂及時從後伸出，穩穩接住了那個背包。

發現有人伸出援手，柯維安鬆了一大口氣，「謝謝……是你！」

柯維安不禁覺得這一定是什麼特殊的緣分，才會讓自己兩次有難時，都碰到同一個人幫忙。

他咧開大大的笑容，微瞇的眼裡像盛著星光，稚氣臉蛋上毫不掩飾他的又驚又喜。幫他的赫然就是在月台樓梯拉了他一把的那名白髮少年。

「謝謝、謝謝，眞的是萬分感謝啊！剛剛才被你幫過，現在又碰上你了，我們之間肯定是超級有緣的！」在一刻將背包重新擱回置物架後，柯維安迅雷不及掩耳地握住了對方的雙手，熱情地搖了搖，「救命之恩無以回報，務必請讓我……」

「以身……相許？」秋冬語從旁給出了意見。

「不行啦小語，我對過保鮮期的完全沒興趣啊。」柯維安想也不想地否決。

一刻只覺額角的青筋都要冒出來了，他×的誰過保鮮期了！

「不管你們誰過保鮮期，麻煩讓一讓好嗎？」又一道少年聲音傳來，「不讓我過去的話，我可是要收賠償費用的喔，我可是很貴的。」

柯維安和一刻反射性朝聲音來源看去。

一名年紀看上去和他們差不多大的男孩子拎著包，挑高眉形鋒利的眉毛，站在走道上看著他們。

對方的相貌屬於扔人群中就不易辨認的大眾臉，戴著眼鏡，最搶眼的莫過於挑染成亮橘色的劉海，唇角天生偏翹，讓他不論何時都像噙著笑容。

一刻和柯維安意識到自己擋住了他人的去路，急忙退回各自的座位。

柯維安驚喜地發現到一刻居然和自己坐同一排，他們之間只隔著一條走道而已。

如果這都不叫有緣，那什麼還叫有緣呢？

「眞可惜，你們再耗久一點，我就能跟你們收錢了。」那名男孩子滿臉遺憾地走了過去。

「小范，這裡這裡！」車廂後段有人探出身，朝著他奮力招手，深怕對方看不見一樣，「你的位子在這！」

「小范聽起來太小了，叫我大范比較有氣勢。」橘劉海的男孩子吊兒郎當地說。

「哪裡大了？看起來和我差不多高……」柯維安偷瞄一眼，對方卻在這一秒轉過頭，和他對上了視線。

柯維安瞬間就像被貓盯上的老鼠，飛也似地縮回身子。

他也說不上來是怎麼回事，就是有個直覺在跟自己說：要是再盯下去，那人可能真的會衝過來跟自己強行收費了。

不不不，他的錢包是如此可憐弱小又無助，就算這趟是公費，他也不允許錢包受到丁點傷害！

柯維安拍拍自己受驚的心臟，把注意力轉向了左側，也就是一刻他們所在之處。

方才沒仔細觀察，這一看，柯維安忍不住想在內心吹聲口哨。

那團人的顏值都眞高啊！

講白點就是男的好看，女的也好看。

「跟小語一樣，都是好看的人呢。」柯維安側過臉，對秋冬語小小聲說。

「小柯也好看……」秋冬語拿出了她買的一袋飯糰，放到小桌子上，「應該。」

「『應該』兩字就不用說出來啦。」柯維安哭笑不得地說，又轉頭對著一刻揮揮手，「救命恩人，這個請你收下。」

一刻狐疑地看著柯維安塞到自己手上的名片。

「繁星高中，不可思議社……社長柯維安？」他唸出名片上的頭銜，頓時錯愕地瞪大眼，「等等，你是高中生!?」

「對啊，難道我看起來不像嗎？」柯維安笑得又甜又萌。

一刻看得一言難盡。那張臉，說是國中生他還比較相信，結果居然是跟自己差不多嗎？

「這是幹嘛？」一刻摸不準柯維安的意思，「不可思議社又是什麼？」

他把來到舌尖前的「鬼東西」三個字生生吞了回去。

「就跟字面上的意思一樣。」柯維安拍拍胸膛，朝一刻狡黠地眨下眼，「我們社團專門研究各種不可思議、超現實的存在，要是有碰到什麼問題，儘管找我吧。」

「喔……喔。」一刻似乎沒把柯維安的說明當一回事，但也沒把名片隨意擺放，而是收進了自己的錢包內。

成功塞完名片，柯維安就不再打擾一刻他們，坐好後閉起眼睛開始補眠。

他和秋冬語是爲了追捕專對妖怪和神使下手的罌粟花妖而來到潭雅市，卻在那撲了一個空。

之後又接到消息通報，原來那個罌粟花妖已經早一步離開，如今的藏身位置在銀河方舟度假村裡。

柯維安上網搜尋了下，發現銀河方舟度假村正巧推出制服日的活動，只要穿著學生制服入村，就能享六五折優惠。

公會出差經費省下來的錢，剛好就能充當他們入村的吃喝遊玩費用，他簡直是機智的小天才！

柯維安心中的算盤打得啪啪作響，嘴角弧度也越來越大。

就在這時候，柯維安聽見附近有手機鈴聲響起，接著就是他救命恩人的聲音傳出。像是顧及車廂上的其他乘客，少年的音量壓得很低。

「幹嘛？不是跟妳說過，我跟蘇染他們一起出去玩嗎……啊？什麼叫我沒說？放屁，老子明明……啊啊，算了，反正不想跟妳這個小鬼計較這些……妳問我除了蘇染、蘇冉還有誰？」

柯維安不是故意要偷聽別人的談話內容，但從手機話筒裡隱約飄出的小女孩嗓音讓他不由得豎起耳朵。

不過，爲什麼救命恩人要重覆說同一個名字？

「還有夏墨河、尤里跟花千穗……問夠了吧，我要掛電話了……還要幫妳帶布丁？煩欸……好啦好啦，會帶給妳，妳這個布丁控小鬼，我掛了。」

當最後三字落下，小女孩的嗓音也隨即消失不見。

但這足夠讓柯維安證實自己的猜測。

他掀開一隻眼，朝秋冬語得意地使了一記眼神。

都說男人的直覺很準的。

他就說吧，人家果然有一個妹妹！

第二章

銀河方舟度假村座落在苗毬市的東邊區域。

搭乘火車到站之後，還得再搭公車轉乘個二十分鐘，才會抵達園區。

柯維安他們的運氣很不錯，在太陽底下沒有等上太久，就迎來了一班開往銀河方舟度假村的公車。

假日路上車多，導致原本預計的二十分鐘車程，因爲碰上塞車，而拉長將近一倍。

終於從公車上下來時，柯維安都覺得恍如隔世了。

銀河方舟度假村分成好幾個園區，有住宿區、野營區、森林區，還有遊樂園區。

辦完入住手續，柯維安和秋冬語來到他們的房間前。他舉起手，敲了敲他們準備入住的房間門。

這是一個習慣，或者說是一種習俗。

凡是在外面住宿，柯維安進房前都會這樣做。

秋冬語不是很理解這種行爲，「爲什麼要敲？萬一敲了之後……有聲音回應要怎麼辦？」

「咿啊啊！小語妳別說這麼可怕的事啦！」柯維安搓搓手臂。

好在房內並沒有眞的傳出什麼聲響，讓柯維安放下了一顆心，房卡一刷，推門進入了他們這幾天要住的旅館房間。

簡單典雅的雙人房型，兩張單人床中間隔著一張木頭小矮櫃，床頭櫃上還貼心地附有USB充電孔和一盞閱讀燈。

最重要的是，窗外視野極好，可以將度假村泰半景觀收入眼中。遠方更是蔥鬱的大山，加上樓層高，也不用擔心會被外面窺探到。

「喔喔，看起來不錯嘛！」柯維安選了靠房門的那張床，包包往沙發上一丟，就把自己扔到了床鋪上，感受著身下的柔軟彈性。

在床上滾了幾圈，他很快又坐起，沒忘記他們來到這座度假村的正事。

要想辦法找到那個罌粟花妖。

根據資料，那名叫作「花罌粟」的妖怪專門鎖定落單的妖怪和神使，而且疑似能靠氣味辨認神使的存在。

柯維安摸著下巴，當下就有了一個主意——由他來當那個餌吧！

而當餌之前，還得先勘查一下這座度假村的環境。

「走吧小語，我們去搭遊園車。」柯維安興致勃勃地揹起包包，裡頭是他幾乎不離身的筆電，那可是他最重要的心肝寶貝，「把這地方逛一逛，順便玩一玩。」

「沒有意見……」秋冬語點頭同意，「但要先讓我去買吃的……飯糰。」

柯維安記得旅館一樓就有便利超商，正好方便秋冬語去買想要的食物。

雖然早知道秋冬語是個大胃王，但看見她一口氣買了六個飯糰，柯維安還是忍不住再次驚歎她食量之大。

畢竟他可沒忘記，對方在火車上已經吃掉五顆飯糰了。

正值中午時分，戶外陽光猛烈又刺眼，尤其天空還是一片萬里無雲，讓光線毫無阻礙地灑落下來，曬得地面好似都要隱隱冒出熱氣。

柯維安慶幸他們選了先搭乘遊園車，否則在這個熱度下走路，大概不用多久他就可能要中暑了。

遊園車每半小時一班，會在各個定點停下。爲了能讓遊客好好欣賞景色，行進速度會比較慢。

車裡坐了不少遊客，大多是爲了躲避熾熱的陽光和節省體力才坐上來的。

柯維安選了靠窗的位子方便觀察園區，秋冬語坐在他旁邊，已經開始拆起第一顆飯糰了。

有時候柯維安不禁懷疑，這名少女的胃部是不是通向無底洞？

隨著遊園車來到營地區，不少人選擇在這下車，也有新的一批人上車。

柯維安本來還在盯著窗外的風景，身邊的秋冬語忽然戳了戳他。

「小柯的……救命恩人。」

柯維安疑惑地一轉頭，視線正好撞上了上車的第一人。

那頭白髮如此顯眼。

「啊！」柯維安反射性站起來，指著對方大叫出聲。

「啊！」被人指著的一刻也一臉震驚，不禁跟著喊出來。

「救命恩人！」柯維安又驚又喜地嚷道，這都已經是他們第三次見面了，眞的超級有緣啊。

「靠，別那樣叫我！」被人這麼喊，一刻只覺得有些羞恥。他找了一個座位坐下，看向柯維安的目光都帶了點匪夷所思。

這究竟是怎樣的緣分或巧合，才會讓他一天之內碰到這個娃娃臉的傢伙三次？

「那那那……」柯維安用最快速度換到一刻旁邊坐下，他緊盯一刻的白頭髮不放，心念電轉間，兩個字倏然脫口而出，「小白！」

一刻的臉差點黑了，這他媽的是在喊小狗嗎！

但喊他的人偏偏一臉無辜，大眼睛像幼犬般濕漉漉的還閃閃發亮，娃娃臉稚氣又可愛。

而他對可愛的人和東西……都該死地沒什麼抵抗力。

「算了，隨便你。」一刻板著臉說。

「小白聽起來滿可愛的。」由於前面位子都被坐滿，夏墨河選擇坐在蘇染他們身後，他微微一笑，「蘇染同學和蘇冉同學不介意嗎？」

「沒有威脅性。」蘇染的藍眸在鏡片後閃過剎那利光，掏出了黑色小冊子記下一些只有她知道的東西。

「威脅性，零。」蘇冉一邊聽著耳機，一邊分神聽著一刻與柯維安的對話。

柯維安興高采烈，恨不得能抓著一刻的手說個不停，最好是能說說有關他可愛妹妹的事。

即使只聽過聲音，但柯維安敢用他們神使公會所有人的頭髮發誓，那一定是個可愛的小天使！

不過內心蠢蠢欲動歸蠢蠢欲動，柯維安也清楚他們才見了三次面，不適合在這時候打探別人家的妹妹。

所以，交情要趕快建立起來。

柯維安一向是個自來熟的人，即使一刻面無表情，氣勢還很嚇人，他還是有辦法自顧自地說個不停。

他從繁星市的小吃說到了潭雅市的小吃，接著又說起了苗毬市還有什麼好吃的。

要不是看在柯維安可愛的份上，一刻早就一掌抓住那顆鳥巢般的腦袋，把人丟回他原來的位子。

「小白、小白，你覺得怎樣？」柯維安愉快地問道：「爲了報答你的救命之恩，請務必讓我請你吃晚餐吧！你喜歡吃什麼？聽說銀河方舟度假村的幾個餐廳都各有特色，而且網路上的評價也不錯。」

「我推薦，御飯糰……」秋冬語吃完她的第二顆飯糰，從旁細聲細氣地插話，「小柯你可以請他吃八個飯糰，吃不下的話……我可以幫忙，吃掉七個。」

「噗！」夏墨河忍不住笑出聲，這對話比預期的還要有趣。

「小語不行啦，妳好歹要留五個……啊，不對。」柯維安發現自己不小心被秋冬語帶偏了思路，「請客不能請飯糰，這樣感覺太沒誠意了一點。小白你喜歡吃什麼？」

「可愛的。」蘇染的聲音從後頭飄出。

「造型可愛的，一刻都喜歡。」蘇冉也說道。

「蘇染、蘇冉！」被人洩露喜好，一刻惱羞成怒地回頭瞪了自己的青梅竹馬一眼。

柯維安恍然大悟，原來那對長得非常好看的混血兒雙胞胎名字同音啊。

柯維安轉動腦筋，從記下的銀河方舟度假村情報中挖出了一條有用消息。

「我記得……旅館一樓的義大利餐廳有提供可愛的兒童餐，飯還特地做成小白兔造型的呢。」

「老子又不是三歲小鬼！」一刻咬牙切齒地說。他一個高中生跑去點兒童餐，他不要面子了嗎？

蘇染和蘇冉卻覺得這主意很不錯。

可愛的兒童餐和一刻一定很搭，很上鏡頭，他們可以拍很多照片。

姊弟倆對視一眼，在彼此眼中瞧見了相同看法。

他們有志一同地伸手搭在一刻肩膀上，就連喊聲也疊合在一起。

「一刻，義大利餐廳不錯。」

「搞屁啊！怎麼連你們也來？」一刻用力拍開摸上他的兩隻手，扭過腦袋，凶神惡煞的視線刺向了跟著柯維安起鬨的蘇染和蘇冉。

「我也覺得不錯呢。」夏墨河在最後面舉起了手。

眼看自己的主意受到一刻朋友們的認同，柯維安眼睛一亮，正當他準備要加把勁說動一刻，車內突然迎來了一片幽暗。

柯維安一愣，慢一拍地發覺到遊園車開入了隧道內，將耀眼的陽光盡數隔絕在外。

度假村裡面有這個地方嗎？

懷疑的念頭剛閃過柯維安腦海，一股強烈的睡意猝不及防襲來，讓他眼皮控制不住地往下掉。

朦朧的視野間，怪異的粉紅色煙霧平空湧現，如同一波波浪潮疾速朝他們這方沖刷過來。

只不過是短短的瞬息之間，就把他們所有人都包圍住。

「怎……」柯維安只來得及擠出這個音節，整個人的意識就像被無形的力量拽入了深深的黑暗裡。

再也生不出一絲力氣維持清醒，雙眼只能被迫徹底閉上。

隱隱約約中，一刻可以聽到車子的引擎運轉聲漸漸變小，最後歸為平靜。

原先行駛中的車子停了下來。

一刻想睜開眼睛看清目前狀況，然而眼皮就像被黏了強力膠，遲遲無法順利撐開。

他的心情不禁變得暴躁。他想大罵髒話，想把造成這一切的原凶揪出來狠狠揍一頓，更想弄清楚現在究竟是發生什麼事。

媽的、媽的……

「幹啊！」一刻忍無可忍地在心底暴喝一聲，過了好幾秒後才猛然察覺到自己真的喊出聲了。

同時間，眼皮上的壓力也消失無蹤。

一刻霍地張開眼睛，感覺自己像從一場糟透的夢境中清醒，但卻不記得夢裡到底出現過什麼。

一刻用力揉了一把臉，好讓自己更清醒些。他發現自己還待在遊園車上，朋友們也都在原位，包括今天新認識的柯維安和秋冬語。

只不過他們都是雙眼閉起，像昏睡過去。

前面座位的遊客一動也不動，很可能也失去了意識。

最前方的駕駛座上則找不到司機的身影。

最詭異的是，車窗外被一片濃闃夜色包圍。

遊園車裡的燈光不知何時被開啓，暖黃色的光芒將外頭的幽暗映襯得越發濃稠。

自己有昏迷那麼久嗎？一刻拿出手機確認，上頭顯示的時間讓他眉頭緊緊擰起。正中午時分，與外頭的暗色明顯不符。

難不成車子是停在隧道裡面，外面才會看起來暗沉沉的？

這個念頭在一刻看清窗外景色時，就被扔到了腦後，映入他眼中的是一片雜亂無章的樹林。

層層疊疊的陰影在周圍張牙舞爪，為這不明的環境更添幾分陰森。

這輛車子簡直像開到了一處荒郊野嶺。

就在這時，蘇染等人陸續醒過來。他們眼中先是流露迷茫，像是納悶著現在處境，可很快他們的眼神轉為銳利。

「這裡不像是銀河方舟度假村。」蘇染迅速觀察車外環境，「我們是在……森林裡？」

「而且天黑了。」蘇冉摘下耳機，像在靜心聆聽什麼，隨後又搖搖頭，「沒有奇怪的聲音。」

「我也沒有看到。」蘇染收回向外的目光，神情冷靜。

假如是不熟悉這對姊弟的人，只怕難以理解他們在說什麼。

但一刻和夏墨河心裡明白，蘇染和蘇冉分別是「看得到」和「聽得到」的人，他們能夠感知到普通人無法察覺的存在。

他們可以看見鬼，聽見鬼。

夏墨河望了望車窗外，又拿出手機，「我的手機沒訊號，你們的呢？」

「我的也沒。」一刻說。

蘇染和蘇冉也搖搖頭。

「如果手機的時間沒被干擾，那麼現在應該還是中午，正常來說不可能忽然就轉成黑夜。」夏墨河根據眼下情形做出分析，「我最後的記憶是看到了粉紅色的霧。」

「啊。」一刻回了一聲，他也記得那幅古怪光景。

顏色奇特的煙霧，還有突如其來湧上的濃濃睡意，再加上他們如今置身在幽暗淒涼的樹林裡……

一刻敢用三個布丁發誓，這絕對不是一般人類幹得出的事。

「喂，柯維安、柯維安。」一刻推推從剛才就有醒來徵兆，卻遲遲未完全張眼的娃娃臉男孩。

「小天使……萬歲……小天使最棒了……」柯維安倏地喃喃出聲，臉上還露出了陶醉的笑意。

雖說一刻不能理解那兩句話的意思，但這不妨礙他莫名生出一股拳頭很癢很硬、想要揮出去的衝動。

好在一刻沒真的被衝動支配，他加重推搡的力道，「柯維安！」

柯維安驀然間全身一抖，像屁股底下有刺般彈跳起來，一雙圓滾滾的眼睛也跟著撐大到極致。

「小天使在哪裡？可愛的小女……」柯維安注意到一刻幾人，及時吞下了來到嘴邊的吶喊，否則他要面對的恐怕是大夥看自己有如看待變態般的目光。

「你在喊什麼？」一刻聽得出第一句是在說小天使，不過第二句他就猜不出來了。

「咳咳咳咳！」柯維安發出像生了重病的劇烈咳嗽聲。

「小柯在說……」坐在隔壁走道座位的秋冬語也恰好在柯維安醒來時恢復意識，將對方的話語一字不漏地聽個正著。

「噢……」倒是夏墨河突然揚起了淺淺微笑，看向柯維安的視線也變得意味深長。他猜出柯維安想喊什麼了，他口中的小天使，想必指的就是可愛的小女生吧。怪不得就算他對待一刻的態度十足熱情，蘇染和蘇冉仍是直覺地認爲這人毫無威脅性，不用擔心一刻會被他搶走。

假如柯維安能聽見夏墨河的心聲，他一定會大叫冤枉。他哪裡是喜歡可愛的小女生？他喜歡的是全世界的小朋友，一歲到三歲之間的最好，十一歲以上對他來說就過保鮮期了！

「我們……我們這是怎麼了？」柯維安找回理智，驚疑地環視四周，「我們剛才不是還在搭遊園車，進入一個隧道裡面……」

「然後醒來就在這了。」一刻簡潔地回答。

「其他人不知道怎樣了？我去看看。」柯維安看見前面座位一動也不動的十多人，立即自告奮勇去查看究竟。

沒想到剛走到前面，柯維安就發出一聲慘叫，彷彿是看到什麼恐怖至極的畫面。一刻立即和其他人靠過去，當他們瞧見那些遊客的正面，也不由得臉色一變。

「我操！」一刻下意識爆出了髒話。

十幾名以爲陷入昏迷、才會至今毫無反應的遊客們，竟然變成了稻草人。

他們的衣物還維持原樣地穿在身上，然而露出衣外的皮膚，包含手腳、脖頸還有臉部，全變成由一根根枯黃稻草紮綁而成。

柯維安嚥嚥口水，還是伸手摸了下其中一個稻草人的胸口，「……沒有心跳。」

「都成這德性了，最好還有心跳。」一刻當機立斷做了決定，「我們先下車。」

「小白，我可以牽你的手嗎？嗚嗚，我怕……」柯維安可憐兮兮地尋找安慰。

「滾蛋。」一刻不客氣地踢上了柯維安的屁股，催促最前面的他快點下去。

眾人離開遊園車，從車外看，暖黃燈光下的稻草人遊客看起來更加詭譎駭人。

一刻看見柯維安抱著雙臂，一副小可憐的模樣。相較之下，秋冬語的神色平淡得過分，還有閒情逸致拿出飯糰，慢條斯理地小口小口咬著。

可即使柯維安的表現像個受驚的人，一刻總覺得有哪邊不對勁。他說不上來，只能歸類是一種直覺。

不過眼下情況也由不得讓他細想，他習慣性地看向蘇染。

「我們輪流用手機照明找路吧，我先來。」蘇染冷靜地拿出手機，螢幕一亮起，上面設定的桌布就被人看得一清二楚。

是抱著粉紅色小牛玩偶睡覺的白髮少年。

「哇喔！」柯維安雙眼放光。

「靠夭啊！妳是哪時候拍的……算了，我不想知道。」一刻磨磨牙，放棄深究下去，反正估計又是某一天翻牆進來他房間拍的，「我們要從哪個方向走？」

「那邊。」秋冬語不知何時繞到遊園車後方，她從車尾處探出頭，輕飄飄地開口。她的聲音又輕又細，幽幽地融進夜色之中，倘若不留神，在這種場合下很容易嚇得人冒出一身雞皮疙瘩。

秋冬語朝眾人招招手，接著舉起她收攏的紫色蕾絲洋傘，傘尖遙指著一個方向。

一刻他們臉上頓時浮現訝異。

那裡有幢大宅矗立於夜幕中，門窗內透出淡黃色的燈光，在這座冷清的荒林裡成爲燈塔般的存在。

12:3

第三章

夜色沉沉，闃黑的天空中甚至找不到星子的存在。

唯有遠處大宅的燈火是最顯著的照明。

四周雜亂林立的高大樹木像是沉默的巨人，俯視著從身邊經過的六名年輕學生。

路上鋪滿大量堆積落葉，踩踏過去，就會發出沙沙沙的聲響。

這些聲音在黑夜中被放得特別響亮，每一下都像撞擊在人的心尖上。

看著那棟離他們越來越近的建築，柯維安心中浮現了一個猜想。

這一切，難道跟那個罌粟花妖有關嗎？

會不會是她躲在暗處，趁遊園車進入隧道時出手，將車上的人弄暈，再把他們帶入了這個怪異的空間。

只是他不能理解，假如這些事都是罌粟花妖所做，爲什麼只挑了幾個目標而已？

據情報所知，那名叫花罌粟的妖怪喜歡吃人、吃妖怪、吃神使。既然如此……爲何不把整車的人都拉進這個地方，反而是讓他們六人以外的遊客都變成那副怪異的模樣？

柯維安想破頭也想不出答案，便暫時放棄，重新將心力放至即將抵達的建築物上。在無法和外界聯繫的情況下，目前只能先走一步看一步了。

他和秋冬語走在一刻等人身後，這也讓他可以更好地觀察對方的舉動。

一刻他們很鎮定，沒有普通人遇事會有的慌亂，當然也可能是他們幾人的個性本就是如此。

柯維安在手機上打了一行字，拿給身旁的秋冬語看。

要是碰到危險，想辦法保護小白他們。

秋冬語點點頭，表示自己會盡力做到。

眾人終於來到了那幢大宅前方，從遠處看就已經覺得它佔地不小，如今來到近處，更是深感它的恢宏及壯觀。

大宅的構造呈現ㄇ字形，被圈圍起來的庭園中央有座噴水池，池邊豎立多座雕像。外牆由黃磚砌成，但也不是純粹的黃，而是黃中帶著黑色斑點的花紋。屋頂鋪著深灰色魚鱗瓦片，每扇窗前都有小小的黑鐵花台；一樓則有多扇垂著縐褶式窗簾的凸窗。

處處充滿著歐式莊園風情。

「哇賽，眞的有夠大！」柯維安發出驚歎，「差點以為我是跑到國外了……它起碼也有四、五十間以上的房間吧。」

「如果這屋子比我們看到的還要深，那麼房間數量可能會翻倍。」夏墨河看向正面靠左側的拱形門廊，「大門應該是那邊吧。」

「交給我、交給我，我來按門鈴吧！」柯維安一馬當先地跑到前頭，「我對和人交際非常有一套的，看我跟小白你的互動就知道！」

「屁，你那明明叫強迫中獎吧。」一刻沒好氣地說。

從屋內燈火通明來看，這幢大宅應該有人在。

柯維安猜得沒錯，沒過多久，大門就被人從內打開，溫暖的淡黃色燈光登時傾洩出來，映亮了門前石地。

出來開門的是名白髮老婦人，穿著暗綠色的連身長裙，雙眼灰黯，像覆著一層薄薄的霧氣。

「奶奶，不好意思，我們迷路了，手機也沒電了。」柯維安露出最可愛天眞的笑臉，「可以跟你們借個電話嗎？」

「我們屋子裡鬧鬼，你們會幫我們解決問題嗎？」老婦人牛頭不對馬嘴。

「咦？」柯維安笑臉一滯，「呃，那個……我們是想跟妳借電話，請問方便嗎？」

「我們屋子裡鬧鬼，你們會幫我們解決問題嗎？」老婦人就像是沒聽到柯維安的詢問，重覆了一模一樣的句子。

「請問……」柯維安試著再開口，然而得到的依舊是相同回應。

老婦人似乎就只會說這一句話而已。

「小白，怎麼辦？」柯維安回過頭，愁眉苦臉地問。

眼下的狀況怎麼看怎麼怪，這名老婦人的身上只差沒貼著「我有問題」幾個大字。

「請問妳聽過銀河方舟度假村嗎？」夏墨河上前一步，換提出其他疑問，「或是妳知道離這最近的超商、派出所大概要走多久嗎？」

結果還是同樣。

「我們屋子裡鬧鬼，你們會幫我們解決問題嗎？」老婦人一字不差地複述。

「這……她感覺好像遊戲裡的ＮＰＣ啊。」柯維安低聲和一刻幾人說道：「如果沒有觸發劇情選項，就會一直重複同一台詞的那種。小白，我們要離開嗎，還是說……」

「那就想辦法觸發劇情選項吧。」一刻擰著眉，鋒利的視線將老婦人從頭打量到腳，接著又看向蘇染、蘇冉。

長相極爲相似的姊弟倆微微朝他搖頭，這是他們什麼也沒發覺的訊號。

既然一刻都這麼說了，加上這附近沒有第二棟建築物、更別說人煙，柯維安馬上換了一副表情，朝老婦人拍拍胸口，一臉正氣凜然。

「鬧鬼了？那正好，我們很擅長抓鬼呢，有什麼問題就都交給我們吧！」

「啊啊，眞的是太感謝你們了！」老婦人的表情倏然從漠然變得生動，看著柯維安他們的眼神就像看著救命恩人，「請進，快跟我進來吧，屋裡就只有我跟老頭子。」

老婦人一把抓住了柯維安的手腕，用與外表不符的驚人力道將人一把拉進去。

柯維安連反應都來不及，就被拽入了屋子裡。

一刻他們立即跟上，剛踏進玄關走廊內，身後就傳來了「砰」的關門聲。

木頭門板像是被風吹動，自動關上。

柯維安感覺自己像隻無助的小雞，強行被人一路拎到了大客廳裡。

這中間他們穿過了長長的玄關、門廳、有著多功能的大會客室，接著才是踏入極爲寬敞的客廳。

屋內照明雖說充足，除了天花板的垂吊燈飾外，牆邊還立著多盞落地燈；可鋪在地板上的暗褐色絨毯、窗戶前垂掛的墨綠窗簾，以及牆壁上的複古暗色印花壁紙，反而爲這個空間施加了陳舊味道和濃濃的壓迫感。

古董大鐘矗立牆邊，鐘擺一下下地擺動著，鐘面上的時針和分針顯示出此刻的時間是十一點十分。

柯維安拿出手機一看，訝色閃過眼內，手機上顯示的時間不知何時也變成了二十三點十分。

明明不久前還是中午十二點多的……

「小白，你們的手機上的時間？」柯維安壓低音量，問著一刻等人。

一刻四人自然也留意到那座古董大鐘。

「啊，時間變了。」一刻沉著臉，越來越深切地感受到這個地方處處有著古怪。

壁爐旁邊的單人沙發上坐著一名老人，他頭髮花白稀疏，戴著一副老花眼鏡，手裡還拿著一本書。

壁爐裡擺放的並不是眞的柴火，而是火焰造型的燈具。

老人一看到自己妻子帶著客人進來，馬上欣喜地站起，神色熱切地迎了上去。

「你們就是來幫助我們的人嗎？眞的太感謝了！」他握住柯維安的手搖了搖，招待著他們坐下，再走到廚房端了茶水過來，「謝謝你們特意前來，先喝點熱茶吧，這一路上一定辛苦了吧。」

在沒有弄清楚情況之前，柯維安等人不約而同地決定先不碰這裡的食物。

「可以跟你們借個電話嗎？」柯維安不死心地再次嘗試。

兩名屋主的笑容依然掛在臉上，可卻沒有給予回應，彷彿他們沒有聽見問話。

「或是幫我們叫計程車？」柯維安繼續試探。

屋主還是笑咪咪的，但仍舊保持沉默。

這場景說有多怪異就有多怪異。

「可以告訴我們這附近的環境還有屋內的格局分布嗎？」蘇染忽地出聲，「我相信這對解決鬧鬼問題一定會有所幫助。」

方才還一言不發的兩名老人馬上滔滔不絕地開始介紹。

他們這棟大宅方圓幾十公里都沒有其他住戶，除了樹林之外還是樹林。

ㄇ字形構造的建築物左側是黑星之館，右側爲白星之館。

一樓有著用途各異空間，像是廚房、餐廳、接待廳、圖書室、琴房等等。二樓則是多間臥室，再往上還有個半層樓高的閣樓，主要用來堆放大量雜物。

柯維安心裡初步有了判斷，看樣子只要讓這對屋主認定是與鬧鬼有關的問題，他們都會願意給出解答。

如果不是，那麼他們就會像安靜的人偶，和人沉默對看到天長地久。

蘇染緊接著又提出了想知道鬧鬼事件的來龍去脈，果然也順利地得到回覆。

屋主姓林，他們夫妻倆居住在此數十年了，兒孫都在外地，平時只有他們兩人。

屋子建造前，這裡曾是一片無主墳地，也就是所謂的亂葬崗。

就算後來遺骸都被挪走了，但仍有零散碎骨被留下，或是在開挖時遭到損毀，成爲碎屑與土壤混合在一起。

或許是因爲這個緣故，導致這幢大宅蓋好後不斷出現鬼魂。

它們會肆意破壞屋內物品、發出怪異聲響，在半夜用力奔跑。有時大笑、大叫，或是大聲哭吼，讓人不勝其擾的同時也心生畏懼。

林老先生的長輩在尋求各種管道幫助下，終於找來一位法力強大的大師。對方指點了一些家具方位的調整，還留下了鎮壓的寶物，讓那些鬼魂陷入沉睡，不再干擾活人。寶物相當有效，之後林老先生和林老太太一家人都沒有再見過亡靈的蹤影了。

然而事情卻在近期出了差錯。

大師留下的寶物失蹤了，一旦它沒有放在正確的位置，對鬼魂們的鎮壓就會失效。那些沉眠的鬼再度甦醒過來，爲這棟屋子帶來了無數的麻煩。

或許是因爲被迫長久睡眠而心生憤恨，重新歸來的鬼還會傷人。

「你們看……」林老先生顫顫捲起自己的褲管，他的小腿上留有巨大的四道疤痕，彷彿一隻巨大的爪子毫不留情地用力劃下，「其實只要天一暗，那些鬼就會出現。但如果屋內所有燈都開著，就能暫時阻止它們的行動。」

「可是最多也只能撐到半夜十二點……」林老太太面露懼色，「十二點一到，那些燈光就沒用了，我和老頭子都得躲到房間裡面。」

「房間可以阻擋它們嗎？」柯維安驚訝地問。

「只有我們的房間可以。」林老太太解釋，「那間房是當初大師特地看過風水布置的，我猜是因爲這關係，它們才進不來……所以拜託你們了。」

林老先生和林老太太希望柯維安幾人能幫忙找出那件失蹤的寶物，放回屋外噴水池女性雕像的手上，讓這棟屋子早日恢復安寧，否則他們的生命很可能即將不保。

曾玩過多款遊戲的柯維安理解了，總之這對老夫婦就是ＮＰＣ，找到失蹤寶物就是通關條件。

至於那些鬼魂，就是他們闖關中會遇到的各種敵人了吧。

姑且不管邏輯性和合理性，套用遊戲模式去思考的話，整件事倒是變得簡單許多。

「那個不見的寶物，是長什麼樣的？」夏墨河提出疑問。

「是鳥啊，是一對白色的鳥。」林老先生說道。

「鳥？」一刻懷疑自己聽錯了，「活的鳥？還是外形像鳥的某種東西？」

「就是白色的鳥。」林老先生只肯給出這個形容，「牠們就在這屋子裡，你們無論如何都要找到牠們才行。」

即使再怎麼追問更進一步的線索，依然只得到同樣的回答。

一刻彈了下舌，這麼籠統的描述無疑增加尋找的困難度。

之後柯維安、夏墨河和蘇染又陸續問了些與鬧鬼有關的事，得到了幾個額外情報。

像是林老先生他們那間有如安全屋的臥房，就在中央主樓的一樓，房門是白底黑框，他們進去後就會上鎖。在天亮之前，外面不管發生什麼事他們都不會打開門探看。

還有屋內的燈就算過十二點也不會被關掉，但如果是遭到鬼魂破壞而暗下，那就是另外一回事了。

「我先帶你們到房間休息一下吧。等十二點一到，就拜託你們幫忙了。」林老太太搥搥膝蓋，從沙發中站起。

她帶著一票年輕人往左側的黑星之館走，讓他們隨意挑選房間。

「對了，鬼出現的時候，記得小心黑女士。」林老太太轉身離去前忽地停住步伐。

「黑女士？誰？還有鬼以外的人嗎？」柯維安大吃一驚。

林老太太的眼珠在燈光下黯淡無光，她咧咧嘴，彎出個奇異的弧度。

「黑女士就是黑女士。她會在夜間出沒，一旦有烏鴉啼叫，她就會出現在你的面前。別隨便回頭，否則她會拿走你頭上和肩膀上的三把火。如果被拿走火，就會被鬼盯上抓住。之前來的那批年輕人就是沒好好聽我們的話，才會被鬼帶走……」

那道蒼老嘶啞的嗓音在走廊上迴響著，在眾人心中留下了不祥的漣漪。

一刻和蘇染他們飛快地交換視線。

之前的那批年輕人，意思是還有其他人被拉進這個怪異的地方嗎？還是說這僅僅是一種設定？

「如果被鬼抓住……會發生什麼事？」柯維安謹慎地問道。

「就會徹底消失在這個世界啊。」林老太太對幾名年輕人笑得慈祥，可眼裡的光芒卻是陰森森的。

宛如兩簇不祥的鬼火。

確認林老太太是真的走下樓，沒有中途又再折回來補充額外訊息，一刻耙耙頭髮，這才與柯維安二人分開。

「小白，我有事要和小語討論一下，我們晚點再過去找你們。」柯維安朝一刻拋了一記媚眼，即使在後者看來那更像眼睛抽筋。

一刻也沒問他們兩人是要討論什麼，那是對方的私事，他沒興趣知道。況且，他們這邊也得展開一場小組會議。

房門一關，一刻的臉上不再克制地露出了暴躁的情緒。

「這他媽的到底怎麼回事啊！這個地方，還有那兩個老的……」

不能怪一刻想發怒，畢竟原本只是想度個假放鬆一下，誰想得到會碰到這種鳥事？運氣也差得太過分了。

「一刻同學，要吃點巧克力冷靜一下嗎？」夏墨河從包包裡拿出包裝精美的甜食。

一刻搖手拒絕，「不用了，現在不想，你自己吃吧。蘇染、蘇冉，你們在幹嘛？」

明明名字聽起來一模一樣，但蘇家姊弟似乎總有辦法分辨一刻前後是在喊哪一個。

「在檢查房間。」蘇染說。

「沒有可疑的存在，目前。」蘇冉說。

他們此時所待的臥室，和樓下客廳是類似風格。

暗色絨毯鋪滿地板，墨綠色的縐褶窗簾遮蓋了整扇窗戶。大大的雙人床上擺著結實鼓鼓的枕頭，桃花心木的桌椅都鋪著一張灰綠色的針織毛墊。

在偏昏黃的燈光照射下，整體看起來厚重又陳舊。

縱使整理得相當乾淨，卻讓人忍不住產生空氣中彷彿瀰漫霉味的錯覺。

「有什麼發現嗎？」一刻問道。

「這裡沒有。」蘇染摘下眼鏡，按按眼角，再將眼鏡重新戴上，「到目前爲止，我還是什麼也沒看見。就算那兩位老人明顯有問題，但在我眼中看來，他們確實是人。」

「和蘇染同樣。」蘇冉也說。他的耳機音樂早就調小，但至今依然沒有捕捉到異常的聲音。

「算了，先不管他們了……就像柯維安說的，把他們當NPC吧。那個阿嬤說的三把火是什麼東西？」一刻倚著牆站立，雙手環胸。

「有種說法，人的身上有三把火，稱爲三昧眞火。」蘇染有條不紊地爲一刻說明，「如果被拍熄了，就容易碰到鬼。所以夜遊時，都會被交代不要隨便拍別人的肩膀。」

「但這裡的規則和夜遊的顯然不同，重點似乎在回頭這件事上。」夏墨河剝開金色包裝紙，把巧克力放進嘴中，感受著苦甜味道在舌尖上綻放，「她說不能隨便回頭。」

「聽起來是有限定條件的回頭，才會造成身上的火被取走。」蘇染從字裡行間抽絲剝繭，「只不過，條件現在不明，總之一刻你務必多小心。」

「我們會負責看好你的。」蘇冉神情專注。

「靠杯，爲什麼一副老子一定會被盯上的態度？」一刻沒好氣地翻了白眼，「那黑女士呢？你們有聽說過嗎？」

這次三人不約而同地搖搖頭。

「也許……」夏墨河往旁邊牆壁看了一眼，「柯維安同學會知道？不可思議社聽起來就是專門研究這種事的。」

「啊，那就等他們過來再問問吧。」一刻說，「這地方大得有夠誇張，到時候我們分組行動，節省時間，再看誰要跟著柯維安他們。」

即使柯維安和秋冬語陷入了這個困境仍臨危不亂，但身爲普通人的他們在這裡容易碰上危險，保護他們的安危是必須的。

「我。」夏墨河自動攬下這個責任，「我的線比較適合保護和防守，一刻同學你們就儘管放手行動吧。」

一刻點頭，「那等等就先從黑星之館……」

「有聲音。」蘇冉驀地直起背脊，藍眼睛快速掃向門口方向。

下一剎那，就連一刻他們也聽見聲音了。

驚人的敲門聲在房外霍地炸開，砰砰砰的，一下比一下急促，那氣勢就好像要將木頭門板用力砸爛。

聲音太近，一刻第一時間還以爲來自他們房外，緊接著就發覺到他們的房門沒有半點晃動。

聲音是來自旁邊。

而隔壁就是柯維安二人的房間。

一刻眼神一凜，左手無名指浮現一圈奇特的橘色紋路，初看彷彿一枚小小刺青。

那是神紋，是被神明賦予力量的證明。

只有神使才能擁有神紋。

隨著神紋如植物枝蔓圍繞在無名指上，一刻往虛空一握，一柄如劍長的鋒利白針登時被他抓在手中。

不只一刻。

夏墨河手腕微光一閃，青金色的紋路攀爬在他白皙的皮膚上。

蘇染、蘇冉兩人的一邊臉頰跟著浮上火焰般的赤紋。

所有人都做好了隨時能防身或攻擊的準備。

一刻一個箭步上前，猛力打開房門，想看清外面究竟是誰在搞鬼，可同時那陣粗暴的聲響戛然而止。

走廊上空空蕩蕩，沒有任何可疑人影。

「媽的，見鬼了……」一刻確信自己動作夠快了，但放眼望去，確實找不到他人存在的痕跡。他用力彈下舌，快步走到柯維安他們的門前，握拳朝門板上敲了敲，「柯維安，你們還好嗎？」

隔著一扇木頭門，一刻沒聽到絲毫回應。

「一刻，裡面沒聲音。」蘇冉拿下了耳機。

一刻神情驟變，他轉動門把，卻發現門是鎖的。無暇思考太多，他直接提針劈開了鎖舌位置，一腳將房門向內踹開。

本應待在房內的柯維安和秋冬語平空蒸發，彷彿打從一開始就不曾存在……

最後，一刻幾人連浴室都確認過了，依舊沒有找到兩人的行蹤。

柯維安先前說過不久就會過來與他們會合，因此一刻並不認爲對方會不打一聲招呼便逕自離開。

所以，他們到底是發生什麼事了？

他們是在房間裡消失的嗎？

還是說門被砸響的時候，就被不明力量強行帶走？

一刻想不透也就乾脆不想了，他更習慣直接採取行動。

「我去那邊找，其他地方交給你們。」黑星之館的二樓有多條走廊，分隔出了多個區域，爲節省時間，一刻等人各自分開搜尋。

黑星之館二樓房間眾多，即使一刻只負責一部分，還是花了好一番工夫。

他打開一間間房門，但那些房間裡都沒有柯維安或秋冬語的人影。

同樣地，也沒有疑似白色鳥類的存在。

在尋找途中，一刻忽地聽見模糊的鐘聲響起，那聲音像來自底下，然後音量越來越大，噹噹噹的，像是要把整棟大宅震醒。

鐘聲持續了好一陣子才歇止。

一刻揉揉耳朵，感覺腦袋裡似乎還不停迴盪著那陣聲響。他伸手打算探向下一間房的門把，可就在這瞬間，頭上的燈閃爍了幾下。

一刻反射性仰起頭，正上方的燈光恢復正常，然而卻換成了下一盞、下下一盞……走廊上的燈突然陸續熄滅。

一下子只剩下一刻站的位置還保有燈光，周圍全被黑暗包圍。

再下一個眨眼，燈光一口氣全數亮起，好似剛才什麼也沒發生過。

該不會……一刻立即拿出手機確認。

上面的數字正好是午夜十二點。

按照那兩個老人的說法，此刻這幢黃磚大宅已正式變成鬼屋。

屋裡亮著的燈光再也不能阻止那些鬼魂出來。

一刻不像蘇染或蘇冉，他看不到鬼也聽不見鬼，除非那些鬼主動暴露行蹤，否則他就等於要面對一票隱形的敵人。

一刻深呼吸，沒有停下尋人和尋鳥的動作，手指也一直緊握著白針，預防隨時可能出現的危險。

黑星之館的房間眞的太多了，一刻都記不太清自己究竟找了幾間。他經過一座木頭樓梯，樓梯間沒有燈光照明，黑壓壓一片，底處彷如盤踞著融入黑暗的野獸，就等著獵物自投羅網。

一刻沒有踏上這座顯然通往閣樓的樓梯，他打算等晚點與蘇染他們會合後，再一塊上去調查。

「嘎嘎——」

粗糙刺耳的鳥叫聲驟然響起，那聲音有點模糊，分不清是來自屋外或屋內。

一刻下意識尋找著聲音來源，暗忖那會不會正是失蹤白鳥發出的。

「宮一刻。」

一道細細喊聲突如其來冒出，在寂靜的黑夜裡像是被放大了，清楚鑽進在場唯一一人的耳內。

聽到自己的名字，一刻幾乎要反射性地轉過頭，但這個動作卻硬生生止住了。

那是成熟女人的聲音。

與他一塊進入此處的同伴中，根本沒有這樣嗓音的人。

一刻全身緊繃，肌肉繃出緊緻俐落的線條，如同一頭隨時能做出攻擊的猛獸。

四周再次變得闃靜無聲，只有自己的呼吸和心跳格外明顯，一下下地撞擊著自己的耳膜。

假如他一時不察，恐怕就要直接回過頭了。

一刻想到了林老太太說過的話——烏鴉啼叫時，黑女士就會出現。別回頭，否則她會取走人身上的三把火。

所以，那個黑女士即將現身了嗎？

就像印證著一刻心中的揣測，他的身後再次有了動靜。

「宮一刻。」

那是男人的聲音。

「宮一刻。」

那是小孩的聲音。

「宮一刻。」

那是老人的聲音。

那些聲音窸窸窣窣地在一刻背後響起，就好像他後方聚集了許多人，他們接二連三地喊著他的名字，猶如密集的浪潮一波波湧上。

難以言喻的寒意竄過一刻背脊，他用力捏緊拳頭，強迫自己不能回頭，果決地大步往前走。

可就在下一瞬，那些呼喚的幽細聲音全都消失了。

然後……

「一刻。」

熟悉不過的少年聲音切開幽靜，像是平和清冷的溪水。

是蘇冉。

一刻不假思索地回過頭。

他瞳孔猛地收縮，全身上下像被澆淋了一盆冷水，體內溫度似乎被一併帶走。沒有蘇冉。

他的身後什麼人也沒有。

空無一人的走廊就像張咧開的大嘴，嘲笑著他如此輕易就上當。

「一刻。」

聲音又出現了，但這次是低低柔滑的女聲，如同最柔軟的布料滑過了一刻耳畔。

昏暗的樓梯間倏地亮起燈光。

隨著那嗓音若有似無地圍繞著一刻，一縷縷黑氣在通往閣樓的樓梯浮現。它們遊走繚繞，漸漸匯集在一起，像無數的黑色煙絲從木頭梯面上鑽湧出來。

密密麻麻的黑煙越攀越高，最末成爲一道瘦高人影。

雪白的肌膚映襯著濃濃的漆黑，形成極端對比。

左手舉著燭台的女人佇立在階梯之上，後方裙襬曳地的黑洋裝令人想到大朵黑花。

她戴著黑帽子，帽簷垂下一片黑紗，遮住了她的半張臉。眉眼隱在紗後，難以看得眞切，只有鼻尖和嘴唇露出，豐潤的唇瓣是詭異濃艷的黑色，宛如沾毒的花朵。

她的手裡舉著一盞燭台，上面有三根未點亮的白色蠟燭。

即使無法瞧清對方的雙眼，一刻也能感受到她正注視著自己。

透過黑紗傳來的視線彷如沒有溫度的爬蟲類，像要滑行過他的全身，讓人本能地浮上顫慄。

那就是……黑女士。

站在樓梯上的黑女士居高臨下地俯望著白髮少年，她嘴角倏然一彎，右手張開，三枚火焰平空在她的掌心躍出。

她的右手拂過了燭台，火焰落在燭芯上，三根蠟燭瞬間點亮，橘黃色的光芒在樓梯間跳動著。

黑女士說，「鬼要來了。」

「操！」一刻的回應是緊握白針，迅雷不及掩耳地朝黑女士劈出一道白光。

鋒亮的月牙光芒急衝上前，它觸及了黑女士的裙面，繼續往前。

然而黑女士的身形就像煙氣冉冉飄散。

白光落了一個空，劈砍在後方牆壁上，留下一道深深裂痕。

「他媽的……」一刻吐出一口氣，側臉往自己肩膀上看去，自然什麼也沒看到。但很顯然，原本該在那邊的火已經被黑女士取走了。

那麼接下來，這間大宅裡的鬼就該找過來了。

眞的是想什麼來什麼，一刻這念頭才一觸動，就聽見四方出現了嗚嗚嗚的泣音。

一刻謹愼地環視左右，見到的是和先前無異的屋內景象。

但哭聲越演越烈，當它突然爆發成爲一陣尖叫，一刻透過玻璃窗瞥見了一張巨大的女性臉孔。

女人五官扭曲，雙眼是兩個黝黑的窟窿，嘴巴大張，有若不見底的黑洞。她伸出兩隻白骨爪子，快速朝一刻衝來。

「幹恁老師！」一刻一針揮出，擋住了那兩隻大型爪子，彼此間的距離近得似乎只要再幾公分，他的腦袋就會被女鬼的大嘴吞進去。

一刻對這種下場一點興趣也沒有，他猝然發勁，左手無名指上的神紋閃動光芒，白針跟著亮起銀月似的光輝。

那光好似帶著灼燙的高溫，女鬼驚叫一聲，當場被彈飛出去，撞在了牆壁上，整隻鬼嵌沒入牆內。

一刻二話不說就跑，他聽見更多鬼哭湧出，要是他再傻站在原地，就等著被一群鬼包圍吧。

「蘇染！蘇冉！夏墨河！」一刻邊跑邊高聲大叫，他不確定自己的朋友們現在位在何處，手機沒了訊號等於失去泰半功用。

分岔的走廊猶如一座小迷宮。

「一刻！」

如平和清冷溪水的聲音霍然再次接近，只是這一回添加了幾分急促。

一刻差點就要朝後揮針相向，但緊要時刻他強行停住了動作。黑女士已經拿走了自己的三把火，沒必要再偽裝成他人誘使自己回過頭。

一刻停針的同時，一隻手也從後拍上了他的肩膀，掌心的熱度透過布料傳遞過來。

一刻緊繃的身體頓時放鬆，他轉過頭——

是眞的蘇冉。

第四章

須臾之後，蘇染和夏墨河也順利過來與一刻二人會合。

「黑女士出現了。」一刻沒有隱瞞，直截了當地和蘇染他們說明狀況，「我的火被拿走了。」

「她還有對你做什麼事嗎？」蘇染眼底閃過轉瞬即逝的冰冷怒氣，她伸手摸向一刻的頭頂和肩膀，接著又往下檢查。

「喂！」一刻拍開了那隻想順勢摸到他胸前的手，「你們說的三昧眞火又不在那裡，別亂摸！蘇冉你也是，不准摸！」

才剛抬手的蘇冉只好默默地收回手，他垂著眼睫毛，溫馴又安靜。

那模樣令一刻想到需要主人多關注的大狗，他忍不住揉了蘇冉的腦袋一把。

「看樣子現在不適合分開行動了，起碼一刻同學旁邊要留著人比較保險。」夏墨河眼裡浮現一縷擔憂。

蘇染和蘇冉對此無比同意。

「團體行動吧。」蘇染說，「我會當一刻的眼睛。」

「我可以當一刻的耳朵。」蘇冉說。

「老子又不是廢了……」一刻只是嘴上習慣性嘀咕幾句，沒有真的要推拒朋友們的好意。

「除了黑女士，你還碰到什麼了？我聽到你的大叫聲。」夏墨河問道。

一刻把事情簡略地敘述一遍，「我見鬼了。我的攻擊對鬼有效，但對黑女士無效。還有那個黑女士會偽裝不同人的聲音喊你的名字，讓人反射性回頭看。」

「你聽到熟人的聲音了。」蘇染用的是肯定語氣，她相當了解一刻，假如是陌生人，不會那麼容易就讓對方上當。

「啊……」一刻抹了把臉，「我聽見蘇冉的。媽的，真的一模一樣。」

蘇冉摸摸一刻的頭。

一刻瞪了他一眼，卻也沒把他的手拍開。

「對鬼的攻擊有效，但對黑女士卻無效……」夏墨河若有所思地說道，「屋主要我們解決鬧鬼問題，用上了『解決』兩字，就表示鬼魂是可以消滅的。又要我們小心黑女士，卻沒將她列爲危害，從頭到尾也不曾要我們想辦法處理。由此推論，黑女士是不能傷害的，只能設法避開。我們也可以將她看成一種ＮＰＣ，只不過她會給玩家加上DEBUFF，就是施加負面效果的意思。一刻同學你被拿走三把火，就等於是被加了引鬼效果。」

「聽起來眞是有夠靠杯……對了，你們有什麼發現嗎？」一刻猛地想起這個問題。

「很可惜沒有。」蘇染的視線越過一刻，落到他身後的那座木頭樓梯上，她看到了一個渾身是血的男人正慢慢地往下走。

大量鮮血從它脖子前的裂口溢出，血量大得驚人，如同沒鎖緊的水龍頭不斷向外噴出，染紅了它的襯衫、褲子，就連鞋襪也被浸染成暗紅色。

它每走一步，地板上就會留下一枚令人怵目驚心的紅鞋印。

男鬼似乎察覺到蘇染的視線，它慢慢地轉過頭，朝她咧出一抹怪異的笑。

下一秒男鬼身影完全消失，再出現時已逼近一刻後背。

男鬼脖子上的血就像瀑布嘩啦啦地流下，嘴巴裂得恐怖，體型拔高，背脊彎曲，垂下的頭顱就要一口咬住渾然未覺的一刻。

「蘇染，怎麼了？」一刻發覺蘇染像在盯著什麼。

而不管是什麼，那東西就在他的……身後！

不待一刻轉過頭，蘇染和蘇冉同時行動了。

他們的速度快得不可思議，起碼那個男鬼壓根來不及看清發生什麼事。

它只感覺眼前像有紅光掠閃，彷彿屋內出現了兩道赤色閃電。

閃電擊在它身上，可怕的高溫和刺痛從它身上兩處炸開，讓它發出了淒厲的嚎叫。

烙著赤紋的兩把長刀赫然分別砍向了它的脖子和腰間。

刀鋒鋒銳，勢如破竹地一路向前。

一切都發生在片刻間。

「我靠！」一刻轉過頭看的時候，看到的就是自家青梅竹馬將鬼分屍的畫面。

男鬼腦袋被砍下來，像顆球在地板上骨碌碌地轉動幾圈。身軀上半部和雙腿分家，從切面噴出的血在地板上積成一灘小水窪。

蘇家姊弟的動作沒有停下，他們砍完男鬼的身體，帶出一股股血花，長刀猛地再一翻轉，朝著左右兩側的牆壁迅猛刺下。

刀尖連帶著刀身深深捅入打算偷襲一刻的兩抹鬼魂體內。

一老一少兩隻鬼露出震驚扭曲的表情，完全沒有預料到自己什麼都還來不及做，就被一刀捅胸。

本來從天花板、牆壁、地板內探出的十幾雙青白色的手都僵住了動作。

隨後全「咻」地收回去，就怕晚一秒會被當成小黃瓜，俐落切成一片片或一節節。

男鬼落在地面的腦袋目擊了全程，它嘴唇發顫，小心翼翼地往牆邊滾動，儘可能地把聲音壓至最小，深怕會再招惹到那兩位凶神惡煞。

誰能想得到，人居然比鬼還凶殘！

那兩個年輕人一出手就沒有要留情的意思。

男鬼以爲自己可以偷偷摸摸地逃離現場，但它的腦袋才稍微滾出一小段距離，就被人一腳不客氣地踩住。

蘇染面無表情地踩著男鬼的頭，從老人鬼體內抽出的刀猶在滴血，紅色血珠一滴滴地落到了男鬼的眼角旁。

男鬼不禁想要瑟瑟發抖，但它只剩一顆腦袋，要抖也抖不起來，取而代之的是眼裡流下了一道血淚。

換作是普通少女，只怕會被這嚇人的畫面震住了。

但蘇染不是普通少女，她自幼就能看得見，無數鬼怪早已見怪不怪。況且能讓她心情掀起激烈起伏的也只有一刻，縱然她腳下踩著一顆人頭，那張素白漂亮的臉孔還是面無表情。

「有看到比我們小一點、像國中生的男孩子嗎？」蘇染長刀抵立在男鬼腦旁。

「還有長直髮，似乎身體虛弱的女孩子。」蘇冉冷淡問著被自己釘住的小孩鬼。

潰爛半邊臉的小孩被嚇得嚎啕大哭。

一刻覺得自己這方看起來比鬼還像反派了。

「不知道就算了。」蘇染語氣淡淡的，她提起刀，冷冽刀身倒映出男鬼驚駭的臉。

男鬼敏感地察覺到蘇染的言下之意——不知道就剁了，換下一個問吧。

「我知道！我知道！」男鬼尖叫得破音，「我有看到幾個年輕人，他們到閣樓了！我只看到這些……我發誓！」

「去告訴你的同伴，別來惹我們，尤其不准對我朋友下手。」蘇染挪開腳，將那顆腦袋往旁一踢。

「我只能盡量，我沒……沒辦法保證。」男鬼結結巴巴地說，「妳朋友沒了三把火保護，聞起來太香了，其他的鬼很難控制得住。總總總之，我會盡力去通知的！」

男鬼的頭顱撞上牆面，接著融進牆裡，沒了蹤影。

蘇冉也抽回刀，藍眼睛沉默地掃了鬼小孩一眼，後者忙不迭保證自己也會盡力警告其他鬼，這才被放走。

鬼魂一消失，走廊地板和牆壁噴灑上的鮮血也跟著淡化，回復原本的乾淨狀態。

男鬼給出的線索讓一刻幾人總算不用再像無頭蒼蠅般四處尋人了。

一刻原本想走在最前方，但這個主意被一致反駁。

畢竟一刻是被黑女士拿走三把火的人，無論是走在最前頭或殿後都可能遭到危險，保險起見，他被夾在中間。

蘇染看得見，成爲帶頭的那個；蘇冉聽得見，由他壓陣確保安全。

閣樓樓梯沒有燈，蘇染拿著手機照明，一步步往上走。

當燈光照到一扇密闔的門板，代表著他們抵達了據說是被用來堆放雜物的閣樓。門沒鎖，一推就開，裡頭黑得伸手不見五指，直到手機燈光照入，才驅逐了部分的黑暗。

閣樓裡充斥著一股奇異的味道，就像是濕抹布悶久了散發出的異味，讓人下意識想摀住鼻子或屏住呼吸。

「柯維安？」一刻喊了一聲，沒得到回應。他想喊另一名女孩子的名字，卻想起自己根本不曉得對方全名，只從柯維安口中聽過暱稱，印象中好像是……

「小語！」蘇染先一步喊出來。

但無論是哪一個名字，都沒有人對此做出回應。

手機光芒亮度有限，就算神使的視力比常人好，也不代表可以在全然的黑暗中毫無滯礙地視物。

那些盤踞在更後方的漆黑就像看不穿的潑墨，無從得知裡頭是否躲藏著什麼。

「太暗了，還是先找燈在哪裡吧。」一刻舉起手機四處照射。

「我來吧。」比起尋找這地方的電燈開關，夏墨河有個更快的方法，「線之式之六，光朧。」

白線驟現在夏墨河指間，柔軟的絲線猶如被注入生命力，轉眼飛離他的手指，在空中環繞出多層圓形，每條線都散發出淡淡的青金色光芒。

夏墨河手指再揮動，白線頓時擴大領域，將更廣闊的空間都納入至圓圈當中。

原先籠罩在暗色中的閣樓立刻變得大亮，躲藏在陰影中的景物也變得清清楚楚。

一刻他們可以看見四處堆積了許多雜七雜八的東西，有家具、櫥櫃、等身高的穿衣鏡等等。

幾人分頭在閣樓各處尋找。

一刻負責從右邊開始找，這裡立著的鏡子不知爲何特別多面，讓他的眼角時不時閃過人影，當他定睛一看才發現是自己倒映在鏡中。

他正要轉過頭去，驀地又驚見鏡中的自己身後探出了一隻手，他猛然旋身，提起的一顆心隨即放下。

伸出手要拉住他的人是蘇染。

「妳那邊找完了？」一刻問道。

「還沒。」蘇染手裡的長刀看似隨意地往地板一拄，其實刀尖是毫不留情地刺穿了一雙從地底冒出、想抓住一刻腳踝的手，「你現在太搶手了，我得過來當你的保鏢。」

「這種搶手老子才不想要。」一刻嘖了聲，後知後覺地意會過來，「等等，該不會剛才又有……」

「別擔心，我會確保你從頭到腳都不會被玷污的。」蘇染表情嚴肅無比。

一刻懶得吐槽蘇染的用詞，他舉著手機，讓燈光往下方縫隙掃射，以免漏掉線索。

接著燈光頓住，鎖定了某個物品。

一刻心中一悚，馬上三步併作兩步往前走，他在一面穿衣鏡下撈出了一隻運動鞋。

從尺寸、款式看，似乎是男性所有。

一刻連忙繞到鏡子後，沒有看到另一隻，卻看到像是不知被誰遺落的手機。

「夏墨河、蘇冉，我這裡找到一支手機！」一刻喊來另外兩名同伴。

幾人運氣還不錯，這支手機並沒有上鎖，手指在螢幕上一滑就進入了主頁面。

一刻先點進LINE，使用者的名字並不是柯維安或小語。他換點進手機的相簿裡，發現了不少這幢黃磚大宅的照片，其中還有一支將近十分鐘的影片。

影片一點開，馬上傳來了一陣嬉鬧聲。

幾名年輕人朝手機鏡頭揮手，從背景看已經是在屋子裡，那些窗簾、地毯還有壁紙花色，都是一刻他們先前在一樓見過的。

「哈囉，我們現在進來鬼屋了。」手機鏡頭轉向，畫面裡出現一張放大的臉孔，似乎就是這支手機的主人。

手機主人是個年輕的男孩子，留著莫西干頭的髮型，他咧嘴一笑，露出一口白牙。

「太神奇啦，我們明明在坐遊園車，經過一個隧道後來到了這個地方。屋子裡還有兩個老人，要我們想辦法解決鬧鬼的問題。我們必須找到兩隻白色的鳥，否則就無法離開。聽起來很像密室遊戲耶，這應該是銀河方舟度假村新弄出來的吧？」

「說不定是還沒公開，想找人先試玩看看，再跟他們回饋感想。」有人在旁邊七嘴八舌地說，「看樣子我們就是試玩的玩家。」

「也許是眞的鬼屋。」另一個聲音說，「剛剛屋子正上方的天空都是黑的呢。」

眾人沉默一瞬，接著爆出哈哈大笑。

「怎麼可能啊，那一定是投影啦！現在科技那麼厲害，才有辦法做得那麼逼眞！」

「就是說嘛，哪可能有鬼？小范你也太單純了吧，這麼簡單就相信別人的話。」

手機鏡頭轉向，對準了那名說話的男孩子。

「咦？」一刻露出一絲驚訝，目光落在對方耀眼的橘色劉海上。

不久前他才在火車上的某人頭上見過這種顏色，雖說已不記得對方的臉，但那種挑染的劉海挺特別的，讓他留下了一絲印象。

「是曾經說要向你收錢的人。」只要涉及到一刻的事，蘇染就記得一清二楚。

經蘇染提醒，一刻這才從記憶裡挖出了那個片段。

他記得對方一副吊兒郎當的態度，笑起來有點像狡猾的狐狸，沒想到他們那票人原來也來到了銀河方舟度假村。

而他們誤以爲自己闖入的是度假村打造的新設施，渾然不知其實是進入了一個詭異的空間裡。

手機裡的影片還在繼續。

一群年輕人四處參觀屋子，不時爲佔地的廣大和精緻布置發出驚歎。他們東摸摸西摸摸，看到感興趣的地方就拿起手機拍攝。

從他們不時的閒聊中，可以知道他們也被警告了要小心黑女士。可從他們輕鬆的神色來看，顯然誰也沒有當作一回事。

他們來到了黑星之館的二樓，在一間間房裡尋找著與密室遊戲有關的線索。

當他們回到走廊上集合，個個都一臉困惑，誰也沒發現任何破關道具或是提示。

手機的收音不太穩定，聽不清楚接下來是發生了什麼事，但除了那個染著橘髮的小范外，一票年輕人忽然都扭頭東張西望。

「剛是不是有誰叫我的名字？」

「我也聽見了，好像有人叫我耶！」

「我也是！是誰喊的？快從實招來！」

「不是我。」

「我也沒有啊，我才想問是不是你呢。」

幾個人狐疑地你看我、我看你，但誰也沒有承認。

一刻感覺胃部像塞了硬物，他幾乎能猜出待會將發生什麼事。

蘇家姊弟伸手搭上一刻的肩膀，像在無聲地安慰他。

就在這時，手機螢幕裡的一人倏然露出吃驚的表情，他指著一個方向，大叫出聲，「有人！」

鏡頭迅速轉往他指的地方，抽氣聲跟著冒出。

誰也不知道那裡何時出現了一名全身漆黑打扮的女人。

她戴著黑帽子，垂下的黑紗遮住她的半張臉，露出的皮膚白得沒有一絲血色，如同蒼白的大理石。

那身黑色衣裙就像最深邃的夜氣凝聚而成，垂下的裙襬好似隨時會擴散成一灘濃黑的液體。

「那就是……黑女士？」夏墨河不自覺地放輕聲音，聽見一刻「嗯」了一聲。

黑女士的手裡端著燭台，濃艷的黑色嘴唇張啓，「一、二、三、四、五，拿到五個人的了。」

她的話聲甫落下，前一瞬還沒有點燃的白色蠟燭瞬間亮起了火光。

「哇賽！這是變魔術嗎！」

「是機關啦，那個蠟燭一定有機關……」

手機裡有人小小聲地說著。

黑女士只說了一句話就轉身走向另一側走廊，當她的身影消失在轉角後，那幾名年輕人似乎驟然回過神。

「快跟上去，她可能就是遊戲裡負責給提示的人！」

手機畫面跟著奔跑的動作而不停搖晃。

然而他們一繞出轉角，等待他們的赫然是空無一人，黑女士宛如平空蒸發了，走廊上一個人都沒有。

眾人不由得陷入茫然。

「她跑那麼快的嗎？」

「也太快了吧，根本是用飛的吧！」

「還是說她進去某個房間裡面了？」

「她剛說的話，有人猜得出是什麼意思嗎？」

幾個人你一言、我一語地猜測，還沒等他們得出一個結論，當中的長髮女孩突然氣憤地嚷嚷。

「好痛！誰抓我頭髮？」

「我沒有！」她左邊的人忙不迭否認。

「不是我！」右邊的人也趕緊搖搖手。

長髮女孩惱怒地摸著自己的頭髮，「但眞的有，有人從後面拉我……好痛，到底是誰啦！」

「但、但是……妳現在不是靠著牆站嗎？」她的一個朋友吞吞吐吐地說。

長髮女孩一愣，接著臉色一白，驚慌失措地跳離牆邊。

「牆壁一定也有機關吧。」另一人信誓旦旦地說，「不信妳摸摸看，說不定有人就躲在後面嚇妳。不過，照理說工作人員應該不能碰……」

那人的聲音漸漸消失在嘴邊，臉上表情染上驚恐。

所有人都親眼目睹眞的有人穿牆而出。

先是一雙血淋淋的手從牆裡伸出來，然後是一具衣著破爛的身體，再來是一張皮開肉綻、眼珠垂吊在眼窩外的臉孔。

「是、是投影……絕對是全息投影……」不知是誰在喃喃地說，像在說服大家，也像在說服自己。

眼珠掉在外面的男人朝這群年輕人抬起了手，上頭的鮮血被揮灑出去，濺上了一人的臉頰。

那人反射性摸上自己的臉，他看著手指沾到的暗紅液體，鼻間還嗅到了腥味，表情霍然扭曲成恐懼。

「是血！眞的是血啊！」他慘叫一聲，一副快要昏厥過去的模樣。

「嘻嘻，一起來玩吧。」

彷彿是嫌眾人還不夠慌亂，一道稚嫩笑聲冷不防響起。

半邊臉潰爛的小男生站在走廊上，將手裡抱著的球往他們一拋。

黑色的球骨碌骨碌地滾至他們面前，下一秒就變成一顆焦黑的人頭。

人頭翻了一個面，從嘴裡也發出了小男孩的聲音。

「來玩吧。」

「啊啊啊啊啊——有鬼啊！」

「救命！啊啊啊啊！」

「是鬼啊啊啊啊！」

淒厲的尖叫瞬間在走廊上爆開，幾個年輕人當場煞白了臉，慌不擇路地四處逃竄，誰也顧不上誰。

場面陷入一片混亂，手機的主人也在倉皇間和朋友分散。

影片的畫面晃動得更加劇烈，屋內影像不停閃晃，接著就聽見跑上樓梯的聲音。木頭樓梯被踩得咿呀作響，間或夾雜著手機主人劇烈的喘氣聲。

與一刻他們上樓時不同，通往閣樓的樓梯間是亮著燈的，就連門也沒關上，裡頭燈光溫暖，就像能撫慰惶惶人心的安全堡壘。

手機主人想也不想地跑了進去，將門用力關上再上鎖，找了個隱蔽的角落抱著身體瑟瑟發抖。

閣樓內很安靜，只能聽見他自己急促的呼吸聲。

手機被他用力握著，畫面轉成一片黑暗，過不久又重新迎來光亮。

留著莫西干髮型的男孩似乎到現在才發現自己的手機一直在錄影，他盯著螢幕裡的自己，眼中充滿不安。

「不知道其他人怎樣了？爲什麼這裡會有鬼？這裡不是度假……」他的喃喃自語突然停住，他眼珠往左側移動，眼神漸漸流露懼意。

隔著螢幕，一刻他們注意到男孩後方的橢圓形穿衣鏡在沒人碰觸的情況下，靜靜地翻轉了一圈，鏡面轉了過來，照出男孩發抖的背影。

「啊……啊啊……」男孩擠出破碎的呻吟，他像是想要站起和鏡子拉開距離，但身子發軟，不受控制。

他的雙眼越睜越大，血絲布滿眼白，眼珠像見到某種恐怖之物而震驚到突出。

透過手機鏡頭，螢幕裡的他和螢幕外的一刻幾人都目睹了鏡面如漣漪般晃動，接著竟然探出多雙覆滿血色的手。

它們緊緊摀住了男孩的嘴巴，抓住他的肩膀、手腳，迅速又粗暴地將他往鏡內拉扯進去。

他試圖掙扎，眼淚從他瞠大的眼眶中淌下，強烈的恐懼扭曲了他的面孔，但他的求救聲卻無法傳遞出來。

手機從他手中摔落，掙動中正好按到了按鍵，從錄影模式中跳出。影片就此中斷。

但即使沒有拍攝到最後，一刻幾人也能猜得出來那名年輕人已經被拖入鏡中，鞋子恐怕就是他在掙扎中遺留下來的。

看完影片，一刻下意識看向了正前方的鏡子。穿衣鏡大約一人寬，光鑑的鏡面正清晰地映出了自己的身影。

當他的視線正對上鏡中的自己，鏡裡的白髮少年霍然露出一抹歪斜的詭異笑容，下一瞬竟是融化成一灘血色的液體，把鏡面完全覆蓋住。

「幹！」一刻往後急退數大步。

鏡內的血色同時劇烈翻湧，彷彿沸騰的血浪，一雙雙被染紅的手從鏡子深處伸出，爭先恐後地想要抓住一刻。

一刻毫不猶豫地準備反擊，但夏墨河快了他一步。

「線之式之一，封纏！」

白線上的青金輝芒轉瞬熄滅，大片黑暗重新降臨在閣樓內，但僅僅依靠手機發出的微光也足夠視物了。

改變形態的白線如流星飛劃，頃刻間逼至鏡前，將一雙雙赤色手臂全數封鎖，讓它們動彈不得。

蘇冉手腕緊接一抬，銳利的刀光在鏡前驟閃，所有被白線捆綁住的手臂齊齊遭到削斷，接二連三砸墜至地板上。

鏡內的血色像被嚇住般停下翻湧，凝固數秒後，飛也似地縮回鏡子深處，連丁點痕跡都不留下，速度快得就像是落荒而逃。

散落一地的手臂則紛紛化成暗紅色的沙粒，立時沒入了地板之下。

「一刻同學真的變成萬鬼迷了。」夏墨河收回白線，調侃著一刻。

「他媽的誰要啊！」一刻萬分嫌棄，一點也不想要獲得這種殊榮。無奈他的三把火都被黑女士取走，類似的場景只會一而再、再而三地發生，「嘖，看樣子柯維安他們不在這，那個鬼認錯了。」

「不過……那位老太太說的上一批人就是手機裡的那幾位吧。」夏墨河若有所思，「我們在黑星之館那麼久都沒碰上任何一位的話，恐怕就表示他們真的……」

「全被鬼抓走了。」一刻眉頭像要打結，「到時再去抓一隻鬼逼問狀況吧，總不能放著他們不管。」

「一刻同學真是好人呢。」夏墨河笑吟吟地說。

「好個屁。只是既然都剛好知道有這種事了，就順便一起解決而已。」一刻被這麼稱讚，只覺得要起雞皮疙瘩，「廢話就省起來，先想想下一步怎麼做吧。」

「在二樓繼續找。」蘇染說。

「連一樓也一起找。」蘇冉說。

「或者我們可以試試另個辦法。」夏墨河露出一抹歉意的笑，「抱歉，是我失誤，居然忘記還有這個辦法可用。一刻同學，你那有柯維安同學的東西嗎？什麼都行。」

一刻還真的有，就是柯維安今天在火車上硬塞給他的那張社團名片。

夏墨河讓白線纏上名片再鬆放開，這動作彷彿是要讓他的線記住上面的味道。

將名片還給一刻，夏墨河催動白線，「線之式之三，引路。」

指間交纏的白線剎那間飛起，如同靈蛇，鎖定其中一個方向疾速掠出，直到撞上了一扇對外的窗戶。

夏墨河眉宇微蹙，加重白線的力道，卻依舊無法成功突破面前的障礙物，就好像那不是一扇普通的玻璃窗戶，而是固若金湯的銅牆鐵壁。

「線之式之四，絕槍。」夏墨河果斷轉換招式，引路的白線轉眼拔得筆直，末端圍繞成三角錐狀，形態有如一柄白色長槍，快狠準地衝撞上阻擋的玻璃。

然而預期中的破碎景象卻沒有出現。

夏墨河感覺自己的武器就像撞進一團棉花裡，氣力無處可使。他心念一動，堅硬的白線登時恢復柔軟狀態，重新纏繞至他的手指上。

一刻大步上前，使勁推動未上鎖的窗戶，但就算他手背上的青筋都迸起了，窗戶仍舊紋風不動。

一刻環視周圍一圈，最後還是放棄舉起重物砸向玻璃的念頭。

夏墨河的絕槍都無法對窗戶造成破壞了，其他的普通物品就更加不用說。

一刻他們試了其餘窗戶，得到的結果都是一樣，全部打不開。

雖還不曉得一、二樓的情況，但他們有種直覺，恐怕那些對外門窗都是封住的。

「假如眞的出不去，那麼只要找到白鳥，應該就能外出了。」蘇染冷靜分析，「畢竟屋主希望我們找到白色的鳥，將牠們放回原來的位置，也就是噴水池旁的一座女性雕像手上，或許我們可以把白鳥看成是離開這地方的鑰匙。」

「聽起來很有道理。」一刻吐出一口氣，像是藉著這個動作驅散積壓在心底的鬱悶，「但夏墨河的線剛指向窗戶……照妳說的，柯維安應該不可能在外面吧。」

「我想柯維安同學不是在外面。」夏墨河走到白線先前瞄準的那扇窗戶前，隔著玻璃往底下看了看，又抬起視線，他屈指敲敲玻璃，對一刻說道：「一刻同學，你看看正對面。」

一刻眼中流露恍然。

從窗內向外望出去，正對面就是白星之館。

第五章

時間再往前推一點。

這時候的柯維安環抱雙臂，在房間裡繞著圈子走來走去，他覺得這樣有助於讓他思路更加活絡。

秋冬語安靜地坐在床前，拿起剩下的飯糰，文靜優雅地咬著。

「啊啊，眞是糟糕……居然把無辜的普通人捲進事情裡來了。」柯維安哀聲嘆氣，「那個罌粟花妖到底在搞什麼鬼？沒事幹嘛波及別人，有種就衝著我們兩個來啊！」

「嗯嗯。」秋冬語邊吃著飯糰，偶爾附和幾聲。

「總之等等一定要保護好小白他們，不能跟他們走散。」柯維安強調著，「要是看到有鬼想要攻擊人，就不要手軟。」

「了解，用全力……解決它們。」秋冬語點點頭保證，「把它們的頭，砍下來當球……踢，老大有教過。」

「呃……這好像有點太凶殘了。眞是的，老大又教一些亂七八糟的東西，小語妳不要什麼都聽老大的。」柯維安眞擔心秋冬語學到一些錯誤知識。

「嗯，再說……」秋冬語三兩口吃完一個飯糰。

「不過這屋子那麼大，要是不分頭調查，感覺會花上很久的時間。」柯維安皺著一張娃娃臉，陷入苦惱，「唔唔唔，嗯嗯嗯，這下該怎麼辦？不然……」

「小柯保護他們，我……去找鳥。」秋冬語給出了一個折衷的解決辦法。

這方案和柯維安想的差不多，除了在他的設想裡，負責找鳥的人是他。

「不然我們猜……」柯維安的「拳」字還沒說出來，就被無預警傳來的劇烈砸門聲嚇到，差點原地蹦跳起來。

砰砰砰！磅磅磅！

門外的人來勢洶洶，簡直像是要用盡全力地破壞這扇門板。

「誰誰誰？小白他們嗎？」柯維安第一時間想到的是隔壁一刻他們來敲門了，可隨即又否定了這個想法。

即使只相處一小段時間，可那名外貌凶惡、眼神銳利的白髮少年在不少細節上都透出溫柔的一面。像是出手幫了他兩次，像是好好收起了他的名片，而不是隨意丟棄。

所以，在門外的人絕對不會是小白！

柯維安馬上從包包內拿出筆電，一掀開螢幕，冷白色的光芒流淌出來，他二話不說地將手指往螢幕內探入。

奇異的事發生了，堅硬的螢幕在這剎那竟像是水面般盪出一圈圈漣漪，柯維安的手指不受阻礙地順利探進。

他將手伸入螢幕又飛快抽出，一併帶出的還有一支末端蘸染金艷墨水的巨大毛筆。

秋冬語將嘴唇沾到的海苔屑擦掉，抓起擱在腿邊的蕾絲洋傘，在柯維安的眼神示意下，站到了房門的另一側。

只要房門一打開，她就能在最短時間做出任何應對。

砰砰砰的砸門聲還在持續，柯維安屏住呼吸，一手緊抓毛筆，一手大力拉開房門。

他的動作可說是出奇不意，他以為那個彷彿想將門板砸爛的人會因為這樣而重心不穩往內倒。

可是，沒有。

柯維安目瞪口呆地看著門外，那地方壓根沒有任何一個人。

秋冬語率先探出頭，左右兩邊都檢查一輪，「確認，無人。」

「咦？咦咦咦咦？」柯維安眨了眨眼，忍不住懷疑自己看錯了。但放眼望去真的沒有任何人影，就好像剛才的砸門聲是一場幻覺。

暫且壓下心中的滿滿疑惑，柯維安擔心起一刻他們的安全，連忙跑到隔壁房前急促敲門。

「小白！小白你們還好嗎？」柯維安扯開嗓音高聲喊，可門內遲遲沒有傳出回應。

他用力旋動門把，上了鎖的房門無論怎樣也打不開。

不祥的預感像條毒蛇竄上柯維安的背脊。

「小柯，讓開……」秋冬語像執起西洋劍般地舉高洋傘，以最直接的暴力破壞了房門，讓他們得以順利進入房內。

柯維安的不祥預感成眞了，房裡不見一刻幾人的蹤影。

「啊啊，見鬼了！這是怎麼回事？」柯維安焦慮地耙抓頭髮，在原地轉了一圈又急急衝出房外。

他火速連開了幾扇門，迎接他的都是一片空空蕩蕩。

「小白！小白！你們在哪裡！」柯維安邊往前跑邊扯著嗓子大叫，他確信自己喊得非常大聲，連他自個兒都覺得耳朵隱隱生疼了。

可始終沒有獲得一絲回應。

「小白……」秋冬語模仿柯維安的動作，只是她的音量太微弱，一下就被柯維安的喊聲蓋住。

兩人像無頭蒼蠅在二樓到處尋找好一會，爲了方便行動，柯維安還將毛筆化成光紋收納在手腕間。

下一瞬，一道尖銳幽異的鳥叫聲冷不防冒出。

「嘎——」

那聲音像是從某個角落傳來，可放眼望去，完全找不到屬於鳥類的身影。

「眞奇怪……」柯維安停住腳步，目光掃了一圈仍沒見到鳥影，不禁狐疑地撓撓臉頰，「明明有聽到鳥叫聲的。」

「我也有聽到。」秋冬語用洋傘戳了戳一扇閉起的門，門板自動朝後退開，露出一條足以窺看房內的縫隙。

房間裡沒有開燈，從門縫外流淌進去的光源僅有走廊的照明。

藉著這一點光輝，秋冬語可以看見一張梳妝台正對著門口，鏡前有個長髮女人在一下下地梳頭。

鏡子映出女人的臉，膚色慘白，雙眼和嘴唇都被線縫住了，彷彿察覺到門外動靜，她梳頭的動作驀地頓了一下。

女人放下梳子，腦袋突然轉動，變成與門外的秋冬語面對面。

在那道駭人身影站起衝過來之前，秋冬語面不改色地將門關上，往下一間前進。

「秋冬語。」

忽然有人細細地在後頭喊了一聲，語氣倉促，快速地閃過秋冬語耳畔。

「是的……我是秋冬語。」秋冬語停步轉身，縱使她面向的前方不見人影，那張蒼白秀美的臉龐也沒有浮現出任何錯愕。

「怎麼了？」柯維安詫異地看看秋冬語，再看看對方凝望的那一端，「那裡什麼都沒有啊。」

「那裡，有人叫我……」秋冬語平靜地說，「現在有東西了。」

「哪裡有……我的媽呀！」柯維安倒抽口氣，前一刻空蕩蕩的走廊驟然鑽出縷縷黑絲，它們快速地交纏在一起，眨眼便凝出人形輪廓。

再一眨眼，佇立在那地方的就成爲一個身穿漆黑衣裙的女士。她戴著黑帽，從帽簷垂下的黑紗遮覆住她的半張臉。

看不清她的眉眼，只能看見艷麗陰森的黑色嘴唇。

她的手裡舉著一盞燭台，上面的三根白色蠟燭都沒有點燃。

「黑女士」三字猛然撞進柯維安心頭，他繃緊身體，反射性按上了暫時以手環模樣套在腕上的武器。

黑女士遠遠地站在對面，似乎沒有上前的意願，她透過黑紗靜靜地看著秋冬語，末了嘴角不高興地垂下。

「妳沒有火焰。」

冷淡地扔下這一句，黑女士轉過身，緩緩走向了牆壁。硬實的壁面如同最柔軟的水面，讓她毫無滯礙地穿越過去，整個人隨即消隱得無影無蹤。

見到黑女士消失，柯維安大大地鬆口氣。

「小柯，她說的火焰……是什麼？」秋冬語困惑地問道。

「有種說法，人身上有三把火，分別在頭頂和肩膀兩側，如果熄滅便會很容易撞鬼。」柯維安身爲不可思議社的社長，對一些民俗小知識頗有研究，「不過黑女士……這個我還真的是第一次聽見。反正就先照著這地方的規則走吧，小心黑女士，十二點前在有燈的地方就不用擔心鬼出現，十二點後大家小心爲上。」

「了解。」秋冬語點頭。

兩人繼續分頭檢查其他房間，試圖找到一刻幾人和白鳥的下落。

二樓房間數量眾多，還有多條走廊，一不小心很容易弄混檢查的進度。

柯維安繞得頭都暈了，不時還要確定一下時間，離半夜十二點是越來越近。

黑女士都出現了，那麼鬼魂的存在想必也不是捏造。

「要是有訊號就好了……」柯維安握著手機，兩條眉毛像要打結，「這樣起碼能打電話。」

「但是，小柯你也不知道……小白的電話。」秋冬語一針見血。

「我總覺得我該知道……」柯維安推開一扇沒上鎖的房門，半晌後失望地從裡面走出來。

還是沒有找到一絲有用的線索。

柯維安簡直想拿自己的頭去撞牆壁了，看能不能撞出個有用的靈感。

就在他準備實行之際，一道讓他印象極爲深刻的聲音遽然在他後方出現。

「柯維安。」

「小白！」柯維安心中大喜，想也不想地扭過頭，然後他的身子僵住，雙腳像被釘在原地。

他的前方只有一道不祥的黑色影子。

靠，慘了……柯維安冷汗直冒，就連手心也微微出汗，他站在空調溫度適宜的走廊上，卻忍不住感到寒意一波波襲來，彷彿凜冬籠罩在他身周。

以爲消失的黑女士赫然就站在柯維安眼前，她舉起燭台，側著臉輕輕吹了一口氣。

隨著橘黃色的火焰平空躍現，她豔黑色的嘴唇也彎起一抹詭譎笑意。

「要命……」柯維安呻吟一聲，看著黑女士舉著燭台慢慢消散在自己眼前——他都忘了自己目前還算是個人類，身上有三把火。

如今火被取走了。

而事情顯然打算往更糟的方向發展，柯維安的三把火剛被黑女士帶走，塞在口袋的手機接著發出成串聲響。

那是他設定的鬧鐘，用來提醒自己注意時間。

而現在，午夜十二點到了。

所有大亮的燈光都攔不住屋裡的鬼魂出來作祟。

如同要驗證柯維安的不妙預感，走廊地板霍地平空開出一朵朵蒼白花朵。

不對，那才不是花，而是一隻隻沒有血色的人手。

宛如被抽乾所有血液的手臂擺晃著，手指蠕動搖曳，乍看下像令人毛骨悚然的白色荒原。

柯維安吞了口口水，這是要過去就得越過這片人手地毯的意思嗎？也太那個了吧！

相較於他愁得想用力抓頭髮，秋冬語沒有多加遲疑，腳尖一蹬，身子騰空拔起。

她就像是一根羽毛，輕巧無比地落在了地面手掌張開的指尖上，在手指想抓住她之前，已快一步往下一隻手前進。

不過是幾下眨眼，就輕鬆通過了這片令人頭皮發麻的地毯。

「小柯，來……」秋冬語在對面朝柯維安招手，「學我就可以。」

「不不不，妳那個一般人學不會的，就算是神使也沒辦法的啦。」柯維安瘋狂搖頭。他要是照著秋冬語的做法，保證一秒後就會落進那堆蒼白手裡面，慘遭各種蹂躪。可怕的想像讓柯維安一個哆嗦，他一點也不想成爲恐怖片裡的可憐受害者。

不能參照秋冬語的辦法，那麼就只能……靠自己的方式了！

柯維安腦筋轉動一圈，當下有了主意。他往手腕拂過，光紋飛起，瞬息間花紋恢復成原來姿態。

握緊等身高的毛筆，他迅速在地板上揮畫，讓燦亮的金墨留下凌亂的痕跡。

「一筆蓮華——」

柯維安在勾勒出的一串潦草大字上重重摁下了最後一劃，燦亮的金墨拉出長長的一橫艷色。

「華光綻！」

奪目金光瞬間拔地而起，如一把威猛大刀一往無前地衝刺，凡是碰到金光的手臂，就像是碰觸到高熱的烈焰，在光裡灰飛湮滅。

眼見前方被劈開了一條通路，柯維安抓緊時間奮力奔跑。

短短的一段路程，在危急氣氛的影響下，宛如被拉長了無數倍。

新的手臂又從地板下鑽出，很快就要聚攏，再次把地面覆蓋住。

柯維安腳下速度加快，發揮了爆發力，猛然蹬躍到窗邊，抓住顏色黯淡的窗簾，將之當成繩索用力一盪。

窗簾被粗魯扯下的同時，他也成功跳躍到了安全地帶，過大的衝力讓他往前踉蹌幾步。他穩住重心，喘著氣轉過身，抬頭也瞧見了窗外景色。

矗立的壯麗黃磚大宅讓柯維安的瞳孔猝然收縮。

照理說，從他這個方向看出去，看見的應該是漆黑山林。爲什麼會是……

一道驚雷劈進了柯維安腦海，他一個激靈，霎時反應過來，他們現在的位置不對。

對面才是黑星之館。

他們這裡是……白星之館！

弄清此刻處境後，柯維安只想趕緊回到黑星之館。白鳥先不管了，一刻幾人的安危才是目前最優先的。

身爲神使，自然得要保護無辜人類。

「再衝回去，感覺太浪費時間……」柯維安目光鎖定一旁的窗戶，憑靠神使的身手，他們就算從二樓跳下也不會有太嚴重的傷害。

柯維安拿定主意，撲上前想打開窗戶，可窗子就像被黏了強力膠，怎樣也打不開。

「小柯……讓開。」秋冬語將傘尖對準玻璃，膝蓋微屈，接著將傘當成西洋劍悍然突進。

柯維安瞪圓眼睛，預想中的玻璃碎裂畫面非但沒出現，竟還完好無缺。

秋冬語想要再刺出一擊，被柯維安擋下了。

「看樣子沒那麼簡單就能到外面去。」柯維安從那對老邁屋主說過的話裡尋找線索，得出了一個推論，「我猜可能得等我們找到白鳥，才能順利離開屋子。」

最快的方法不能使用，前方也不見路，柯維安二人只能再依循原路回去，即使這代表著他們又得折回那片人手地毯。

不等柯維安再次祭出毛筆，秋冬語將蕾絲洋傘塞至他的懷抱中，猝不及防地把人打橫抱起。

「小、小語？哇啊啊啊啊——」

在柯維安錯愕的大叫聲中，秋冬語腳下疾如飛電，再次以驚人的輕盈踩上了那些蒼白指尖，將它們當成墊腳石，翩若驚鴻地降落在人手能碰觸的範圍外。

柯維安拍拍心臟亂跳的胸口，和秋冬語急急尋找能通往另一邊的廊道，然而照理說應當存在的走廊就好像平空消失了，最後他們只能選擇往樓下奔去。

怪不得他們在樓上找半天也沒見到一刻幾人的行蹤，原來他們在不知不覺間已被移轉到另一邊的樓房了。

午夜十二點一到，先前安靜的二樓猶如水滴落入熱油裡，激起激烈的響動。

闔上的房門霍然一扇扇打開，幽幽的鬼哭從房內流洩出來。

就連走廊上的燈也開始閃閃滅滅。

柯維安和秋冬語不敢多耽擱，他們加快奔跑的腳步，但不受燈光壓制的鬼顯然不肯

如他們所願。

尤其柯維安還被黑女士拿走了三把火焰，對眾鬼而言，無疑是散發可口香氣的上等佳餚。

柯維安覺得自己大概就像是塗了蜜的餌，才會導致沿途無數鬼魂都像嗅到蜜的蜜蜂一般，前仆後繼地出現。

「太搶手也是種罪過啊！」柯維安邊跑邊把毛筆當刀劍舞動，金墨跟著四處飛濺。鬼只要沾上，就能聽到烤焦般的滋滋聲響，緊接而來的就是鬼魂的驚慄慘叫。

靠著金墨的防護，柯維安二人終於順利逃脫到一樓。

只是一踏下樓梯的最後一階，前方鋪著暗色絨毯的地板忽然出現激烈起伏，乍看下像浪潮一波波地湧上退下。

柯維安和秋冬語被迫煞住腳步。

也幸好他們煞住了。

「靠啊！」柯維安看見起伏不休的絨毯間隙居然長出一張張嘴巴，粗厚的舌頭從大張的嘴內如毒蛇竄出，每條舌頭上還有靈活轉動的眼珠子。

在舌頭要觸及他們之前，秋冬語及時打開洋傘，張開的傘面有如一朵大花，阻隔了他們的視線。

柯維安看不到傘外景象，但能聽到猛烈的撞擊聲音。

秋冬語握著傘柄的手腕微顫了顫。

這樣下去不行，他們不能被堵在這裡。柯維安極力按下如泡泡不停冒出的焦急，拚命說服自己冷靜下來。

「小語，幫我撐一分鐘。」柯維安提筆在腳下看似胡亂地寫了一個字，隨後筆尖使勁摁下，「去！」

話聲驟落，一個熾亮的篆體字升空，金光瞬間大放，刺眼的光輝像烈火灼痛了舌頭上的那些眼珠，讓它們反射性合起，就連舌頭也僵停在空中好一會。

柯維安拉著秋冬語趁機闖過。

雖然他們一路製造了不小的動靜，可屋主似乎貫徹了先前的聲明，始終未曾露面，堅定地躲藏在自己的臥室裡，不到天亮前絕不會踏出一步。

柯維安擔憂一刻等人的安危，想趕緊抵達黑星之館，而中途必須穿過多個廳室。他們推開前面的一扇漆黑門板，門內看上去是一間琴房。

雪白光鑑的三角鋼琴置放在中央，外觀保養得極好，一塵不染。牆邊還有一台直立式鋼琴被厚厚的防塵布蓋住，只能看見它的大致輪廓。

牆上掛著幾幅風景畫，幾張貓掌單人沙發散置室內。小圓桌鋪著蕾絲桌墊，旁邊立著單人高的立燈，櫃子裡擺放幾個小擺飾和相框，照片都是林老先生夫妻的合照。

這地方布置典雅，只不過在色澤深暗的壁紙和地毯襯托下，氛圍顯得沉重。

兩人剛踏入，身後的門板倏然自動闔上，猛烈的響動嚇得柯維安肩頭一縮，下意識回頭向後看。

房門邊框像是遇熱融化的奶油，逐漸化成不規則形狀，最後與牆壁融爲一體，再也找不到原來的位置。

琴房登時只剩下前方的一扇門可以出去。

爲了避免干擾他人，房內使用了不少吸音和隔音的材質，因此柯維安他們後方的門一消失，那些本來還能聽見的尖厲鬼嚎一下子都沒了。

靜默突如其來地降臨。

柯維安猜測這裡恐怕也藏著鬼，但他摸不清接下來可能會發生的事。

他和秋冬語謹慎地往前方唯一的房門方向靠近，然而才剛走出幾步，「叮」的一聲琴音落進了這處寂靜的空間。

兩人馬上看向琴音來源，雪白的三角鋼琴前明明無人，可琴鍵卻自動彈起，彷彿有雙看不見的手在點按著。

先是叮叮咚咚的零散音節，接著琴音連接起來，成為一首流暢的樂曲。

柯維安二人聽不出這是什麼音樂，而眼下只有樂聲響起，在對方有進一步的行動之前，他們不確定是否該貿然出手。

彈奏的力道陡然變大，那雙無形之手像是在發洩怒意，悅耳的琴音瞬間變得刺耳，節奏也越來越快。

到最後，所有琴鍵同時被粗暴按下。

尖銳響亮的聲音震耳欲聾，讓柯維安和秋冬語不得不摀住耳朵。

琴蓋霎時重重砸下，「砰」的一聲像要震入人的心底。

柯維安腦袋裡嗡嗚聲不斷，他皺著一張臉，不敢大意地環視四周。

除了白色鋼琴的琴蓋被蓋上外，房裡好似沒有任何改變，但這反而更像是風雨欲來前的寧靜。

靜謐沒有持續太久，那些掛在牆壁上的風景畫便出現了異狀。

不管是明媚的春景或被霜雪覆蓋的冬景都逐漸褪去顏色，毫無生機的黑白覆蓋在上面。黑色越擴越大，染黑了整張畫，甚至還有向外擴散的跡象……

黑色眞的從畫裡溢出來了，只不過一脫出畫框，墨黑即刻轉成腥氣四溢的血紅色。

它們咕嚕咕嚕地朝四面八方擴散，僅僅片刻就佔領了半面牆，駭人的血色從牆上汩汩淌下，彷彿是一道道血淚。

突然間，另一架被蓋住的直立式鋼琴有了動靜，窸窸窣窣的聲音自那冒出，防塵布底下彷彿有什麼要鑽出來。

在柯維安以爲鬼魂終於要現身之際，防塵布被一股力道猛地掀開，露出的是一張年輕、似曾相識的面孔。

那張臉乾乾淨淨，沒有沾血，也沒有眼珠子掉出來或皮膚剝離大半。

一綹亮橘色劉海是最引人注目的焦點。

「我知道我長得不錯，但再盯下去可是要收費的喔。」少年從鋼琴下爬出來，不客氣地朝柯維安攤開手掌。

這個動作和語氣喚醒了柯維安的記憶，就算只有一面之緣，他還是迅速想起對方是誰了。

「你是那個……」柯維安驚呼出聲，「小范！」

「你們是火車上的……你手上怎麼抓著那麼大一支毛筆？」小范歪著頭，似乎也被喚起了印象，隨後他瞥見牆上的異狀，連忙往柯維安身後躲，「那是什麼？」

「我們也想知道那是什麼……別抓著我的衣服，要被抓破了，眞的要破了！」柯維安用力搶回自己的衣襬。

「我太害怕了嘛。如果扯破的話，我也絕對不會賠錢的！」小范擲地有聲地說。

「問題是……你看起來一點也不像在害怕啊。」柯維安控制不住地吐槽，他覺得這個叫小范的少年分明鎮定得過頭了，「等等，你爲什麼會躲在這裡？你的朋友呢？就火車上的那些人。」

「我害怕就是這個樣子的，不信你再把衣服讓我抓著。」小范向柯維安逼近。

柯維安被逼得往秋冬語旁邊閃，「你的朋友，你的朋友人呢？你不回答這個問題，我就叫小語把你再塞進鋼琴裡！」

「塞……哪一座？」秋冬語在白色鋼琴和直立式鋼琴之間猶豫著。

「唔啊，還眞的想塞啊……」小范搓搓手臂，終於露出一點可憐兮兮的表情，「別這樣嘛。不過如果你們願意付錢的話，我可以自己來喔，看要塞哪架都行……啊，露出了扭曲的表情了呢，小矮子。」

「我這是被誰逼的！」眼看紅血就要從牆壁流到地毯上，柯維安磨磨牙，壓下焦躁的心情，重新把話題導正回來，「我是認眞的，快回答你爲什麼會在這裡！」

柯維安兩人將武器正對小范，他舉起手，做出個投降姿勢，「我是跟朋友一起來銀河方舟度假村的，誰知道搭車經過隧道的時候，就突然跑到這間屋子外面了。然後有兩個老人要我們進來這裡，幫他們解決鬧鬼問題。」

過程聽起來和自己這邊差不多……柯維安暗忖。

「再然後呢？」柯維安問，他還沒聽見這人獨自出現在此處的理由。

「再然後有個全身黑漆漆的女人出現，好像拿走了我朋友們身上的火，鬼就開始出現，我們一夥人四散逃了。我比較幸運，沒被拿走。」小范不停往牆邊擴散的紅血瞄，「欸欸，那邊眞的沒問題嗎？」

「老實說，我也覺得問題有點大……」暫時弄清對方狀況，柯維安也無暇再細問下去了。

持續往外拓展範圍的血液如同緩緩湧動的浪潮，它們逐漸覆蓋地面，一碰上家具，頓時像活物靈活往上爬升，纏繞上桌腳、椅腳，將那些沙發和圓桌，還有立燈，都拉進了它們的領域裡。

柯維安三人親眼目睹那些家具被血色纏繞上便如同遭到融解，由高變低，繼而一片平坦。

這景象讓他們不得不打消站到高物上躲避的念頭，他們被迫不斷後退，然而身後只剩一堵牆挺立著。

倘若他們被逼至牆邊，那就眞的是退無可退了。

倏地，柯維安瞪大眼，看見猶如血紅地毯的赤色漫淹過了中央白色鋼琴的琴腿，卻沒有分出絲縷血色攀繞上去。

就好像它們對鋼琴不感興趣，又或者是鋼琴能夠抵禦它們的吞噬。

「快站到鋼琴上面！」柯維安踩著還沒被吞沒的空地，三兩步跳到琴蓋上，「小語把他也帶上來！」

「了解……」秋冬語一手握著傘，一手拎住了小范的衣領，在紅潮逼近之前凌空一躍，跟著輕鬆踏上了潔白琴蓋。

三人擠在一塊，腳下位置頓時變得狹窄，一個不留神，很可能就會從上摔落。

「我好害怕，一定要保護好柔弱的我啊……」小范大力抓住兩人的衣角，穩住自己身形，「不過我還是不會付保護費的。」

在柯維安看來，這個橘劉海少年根本從頭到腳都寫著「我才不怕」這幾個大字。

「啊啊啊，你別亂動！」柯維安頭痛地嚷。明明平常只有他讓人頭痛的份，爲什麼碰到這個陌生少年卻會反過來？

柯維安想不通，也不想浪費額外氣力想了，他的視線緊盯著下方紅潮的變動。

一波波血紅色將琴房裡的家具吞吃得差不多，獨留兩架鋼琴及牆邊的櫃子，他們現在就像站在紅海中的其中一座孤島上。

「那裡……」秋冬語用傘尖遙指門口，「沒有紅色。」

暗沉沉的血紅確實沒有徹底吞沒琴房地板，門前赫然還留有一小塊空地。

柯維安衡量了門邊到鋼琴的距離，以他們的身手要跳躍過去不算難事。

如果中間沒出任何意外的話。

這念頭剛浮起，柯維安就驚見到下方的大片紅水倏地像是遇熱沸騰，咕嚕咕嚕地冒出了血泡。

血泡的體積轉眼脹大，那薄薄的紅膜撐至極限便「啵」地綳裂，從裡頭搖搖晃晃走出了一個血人。

啵啵啵的聲響陸續發出，血人接二連三地在琴房裡現形，毫無意外地全都朝著中央白鋼琴的方向而來。

「這也太恐怖片了吧！」柯維安嘶了一聲，「小語妳到另一架鋼琴去。」

「明白。」秋冬語猶如輕盈的紫蝶，翩然落足在直立式鋼琴上。

「還有你。」柯維安對著小范說，「等等不管看到什麼都別問，反正我也不會告訴你的。」

小范用雙手摀著嘴，表明自己不問，只用眼睛看。

柯維安沒多加理會對方，一有血人靠近，馬上提筆揮畫，金墨如飛雪飄揚，毫不留情地沾濺上血人。

血人一碰觸到墨汁，即刻產生了腐蝕般的反應，猩紅的皮膚表面迅速被融出坑洞。有幾個血人像被嚇住了，改變方向，將另一邊的秋冬語視爲目標。

但還是有更多血人前仆後繼地往柯維安前進。

對它們而言，那名鬈髮男孩散發的味道太誘人了，讓它們失去理智，一心只想將他抓到手。

見到大多數血人都無視自己，秋冬語決定化被動爲主動。

洋傘在她手中改變方向，她抓著傘尖，握柄迅雷不及掩耳地往前勾住了一個血人的脖子，蠻橫地將對方往自己這方拽來。

一個、兩個、三個、四個，秋冬語速度太快，撈來一個就換下一個。那些冷不防被拽來的血人甚至還不曉得發生什麼事，就得面對驟然劃出的利光。

洋傘傘尖鋒銳無比，一揮劃就是收割一個血人的腦袋。

有秋冬語分擔，柯維安壓力驟減。

可血人數量像不會減少。

每當一個血人倒下、潰散融入紅潮裡後，就會有新的血泡重新咕嚕滋生。

「不行，這樣簡直沒完沒了……」高強度的勞動讓柯維安有些上氣不接下氣。他本就不以體力見長，再消耗下去先脫力的只會是他，必須想辦法讓血人不再冒出。

小范忽然戳戳他的肩，「那邊，血還是一直流。」

「哪？」柯維安下意識望過去，雙眼頓時大睜。

牆上的風景畫就只剩一幅還在不斷滲血，而血泡都是在那幅畫底下產生的。

很有可能，那幅畫就是關鍵！

「到底是不是，破壞了就知道！」柯維安眼底亮起鋒芒，一筆逼退上前的血人後，他低頭看著自己腳下的鋼琴。

琴蓋面積太小，又站著他們兩人，不足以成爲讓他書寫的畫布。

但沒有足夠空間，他就無法順利施展招式。

地面是不可行的，牆壁又離得太遠，天花板……可恨他的身高太矮。

柯維安高速思考，腦海中的齒輪彷彿要磨擦出火花，緊接著他的目光落至小范臉上，雙眼忽地亮如繁星，狡獪的笑容咧開。

「麻煩你轉過去別動了。」柯維安手口並用，不給小范質問的機會，就把人迅速一轉，讓對方背對著自己。

小范還沒明白柯維安的目的，身後猝不及防傳來一股濡濕感，他不禁瞪大眼，一句「不會吧」瞬間脫口而出。

「不准動啊！」柯維安筆尖快若遊龍，在小范背後疾速遊走，艷麗的金色墨水在上面一氣呵成地書寫出一串篆體字。

「開破斷！」柯維安筆尖一抽離，寫在小范身後的金字迸發出耀眼光輝，同時柯維安額頭上肖似第三隻眼睛的神紋也一併亮起金光。

柯維安俐落地將小范再一轉，背對向掛著風景畫的牆壁。

「重裂！」

金光來到最熾，如同大刀威猛衝出，阻擋在前面的一切都被毫不留情地破壞。

燦爛鋒利的光芒劈開了血人，也劈上牆壁不斷滲血的風景畫。

畫像四分五裂，從牆上砸落地，壁面被劈砍出驚人的裂口，就連附近的櫃子也遭到波及，上頭的相框和小物隨著震動從上掉下，七零八落地散了一地。

隨著風景畫被毀，所有血色再不復存在，地面重新露出了暗色絨毯，牆壁也恢復原來的壁紙花色。

柯維安如釋重負，正準備一屁股坐下，闔起的門板猛然被外力粗暴撞開，一名無頭男人抱著它的頭從外面狼狽地摔進來。

柯維安驚得彈直身體，瞠大的雙眼和把鬼踹進來的白髮少年對個正著。

「柯維安!?」一刻大吃一驚。

「小白！」柯維安面露狂喜。

可很快地，兩人都意識到事情有哪裡不對勁。

柯維安張著嘴巴，看著一刻握著的巨型白針，再看向跟著一刻進來的蘇染、蘇冉，還有夏墨河。

蘇染、蘇冉臉頰上烙印著火焰般的紋路，手裡還各提著一把攀繞赤紋的長刀。

夏墨河指間纏繞層層白線，手腕是一圈青金色的花紋。

一刻難掩愕色，視線逐一掃過分別踩在鋼琴上的柯維安和秋冬語。

前者抱著巨大毛筆，筆尖是瑰麗金墨，額上還有形似第三隻眼的金紋；後者拄著束起的洋傘，傘尖刺進了琴蓋裡面。

雙方面面相覷。

倒在一邊的無頭鬼偷偷摸摸地趁機潛入地板，順利逃脫。

這一刻，瀰漫在這間琴房內的神使味道是如此明顯，讓人無法忽視。

第六章

爲了盡快趕到白星之館，確認柯維安和秋冬語的安危，一刻幾人馬不停蹄地從黑星之館的閣樓一路往下衝，卻找不到能直接通往另一棟樓的廊道，只得繼續直奔一樓，途中還得提防那些鬼魂的攻擊。

可好在有看得見的蘇染與聽得見的蘇冉，所有偷襲無所遁形。

他們順利來到主樓，又碰到一個抱著自己腦袋的男鬼想攻擊，結果對方被暴躁指數節節攀升的一刻一腳踹飛，撞開了一間廳室的房門。

而在門後，赫然是一刻他們在尋找的人。

只不過一刻作夢都沒想到，他以爲的普通高中生，居然和他們一樣……也是神使！

起碼一刻非常確定柯維安是神使，對方額頭上的神紋就是最好證明。

至於秋冬語，就算她沒有神紋，可光看她的洋傘居然能破壞鋼琴琴蓋，也證實她不會是什麼普通人。

「這可真是……出人意料呢。」夏墨河訝然地笑開，「你們是神使？」

「小白你們也是？還通通都是！」柯維安瞠目結舌，整個人還有些暈乎乎的。

「否定，我不是……」秋冬語靈巧躍下。

「哈囉，你們說的特殊名詞我都不會問是什麼。但麻煩一下，不要忽略我這個大活人好嗎？」小范從鋼琴上滑下，向一刻等人揮揮手。

「是你？」一刻又是一驚，「你沒事？」

「我爲什麼要有事？隨便咒我的話，要給心靈賠償費的喔。」小范理直氣壯地對一刻攤開掌心。

「我們撿到你朋友遺落的手機。」蘇染將那支手機放到小范手上，「看見了裡面的影片。」

「影片？啊！」小范陡然回想起來，「是阿漢吧，他之前一直在拍。你們有看到他嗎？」

「你自己看影片就知道。」一刻懶得多解釋。

小范找出影片播放，柯維安好奇地湊過來看，看到黑女士現身時他不禁也感同身受地打個哆嗦。當他瞧見手機主人被拖入鏡內，他嚥嚥口水，慶幸自己沒被那些鬼帶走。

「只要找到白鳥，那些人應該能回來吧。」柯維安猜測。

「大概吧。」一刻微聳肩膀，「你們這有人碰到黑女士嗎？」

「呃……」柯維安眼神游移了下，還是老實承認，「我，我的三把火被拿走了。」

「嘖，我也是。」一刻咂下舌，想到自己上當了，還是覺得很不爽。

「小白連你也……」柯維安倒吸一口氣，「你們在那邊到底是發生了什麼事？」

在夏墨河的說明下，柯維安這才知道他們在黑星之館究竟經歷了何種遭遇。得知他們是爲了尋找自己和秋冬語才會想起至白星之館，他不免激動得熱淚盈眶。

「嗚嗚嗚，小白我眞的太感動了……」柯維安讓毛筆暫時又化成金紋繞到手腕上，迫不及待地想握住一刻的手，「你一心想救我們……」

「要是知道你是神使，老子就不花這力氣了。」一刻板著臉拍開柯維安的手。

蘇冉彎身撿起離自己鞋尖最近的相框，一翻過來，發現正面的玻璃都裂成蛛網狀，照片裡兩人的面容也像跟著碎裂成多塊。

但讓蘇冉多看幾眼的原因卻是相框的圖案——一隻隻白鳥拼組出重複的花紋。

蘇染注意到蘇冉拿著的相框，也注意到上面的圖案。她將地上的其他相框翻面，藍眼睛閃過剎那的若有所思。

這些相框的圖案都一樣，都是以白色的鳥拼出重複花紋。

「一刻。」蘇染喊了一聲，「你看看這個。」

「這是……屋主的照片吧。」一刻先留意到的是照片中合影的兩人，分別是林老先生和林老太太。

「這上面的圖案……」夏墨河關注的點落在相框上。

「是白鳥。」柯維安驚訝地嚷了聲，「該不會這些相框跟我們要找的東西有關？」

蘇染不斷翻看相框，除了圖案看不出還有哪裡特別。她乾脆將照片從裡頭抽出來，想檢查內部，可當看清相片背面的字跡，她愣住了。

「林柏鶴、林張皖鶯……」一刻唸出相片背後的幾個字，「這該不會是那兩個老人的名字吧。」

蘇染緊緊盯著那兩個名字，電光石火間，一個猜測穿破迷霧，浮躍在她腦中。

與此同時，蘇冉和夏墨河也露出恍然的神色。

「找到白鳥了。」蘇染說。

「咦？」一刻驚訝。

「他們就是白鳥。」蘇染將照片翻至正面。

「什麼？他們兩個是白鳥？」一刻看著照片中的林老先生和林老太太，覺得自己被弄糊塗了，「但他們……」

「原來是這麼回事……」柯維安慢了片刻也反應過來，他吸口氣，睜圓的眼中寫著震驚，「小白，是名字，他們的名字啊！」

林柏鶴，林張皖鶯。

兩個老人的名字裡，都藏有白和鳥。

一刻怎樣也沒想到，所謂的「白鳥」到頭來原來就是這幢屋子的主人。

打從一開始，那對老夫婦給出的情報就存在著難以勘破的盲點。

假如沒有發現那對老夫婦的本名，他壓根不會懷疑到他們身上，畢竟誰會猜到委託人就是通關道具本身呢？

而那兩人還特意強調他們會躲在房裡，無論外界發生什麼事都不會出去，其他人也千萬別來找他們，擺明就是讓人忽略他們的存在。

「原來他們倆就是能解決鬧鬼的重要寶物啊……」小范嘖嘖稱奇地說，「這分明是要人找不到，永遠也離不開這個地方吧。眞是的，故意讓人做白工這種事，眞想跟他們狠狠敲一筆啊。」

「你這時候還想著錢嗎？」一刻匪夷所思地瞥了小范一眼。

「那還用說？錢是最美妙、最重要的。」小范用食指和拇指比出代表錢幣的圓，「你不喜歡的話，通通給我吧，我很樂意接收呢。」

一刻決定對小范的廢話充耳不聞，他將照片遞給夏墨河，「你的引路還能再來一次嗎？」

「沒問題。」夏墨河讓白線纏繞照片一會，接著催動手上的潔白絲線，「線之式之三，引路。」

白線頓如活物，脫離了夏墨河的手指，飛也似地往門口外的方向竄出。

「哇喔！」小范目露驚奇。

「別問，問了……」柯維安再次給出提醒。

「知道知道，你們不會說的嘛。還是你們要不要考慮給我個封口費？」小范像是不死心地想從柯維安他們身上敲詐一筆。

「夠了，你閉嘴！」一刻戾氣十足地瞪了小范一眼，後者終於識時務地閉上嘴。

白線速度飛快，不停朝前延伸再延伸，帶領一刻幾人前往目標所在。

一路上仍有鬼魂出現。

但或許是一刻幾人先前的凶暴惡名在眾鬼間傳開了，數量已大幅減少。

在白線的引路下，一行人短時間內來到主樓一樓的一間房間外。

房門是白底黑框，就和林老先生說的一模一樣。

「看樣子是這裡了。」白線溫馴地回到夏墨河手指，他伸手旋動門把，發現從裡面上鎖了，「打不開，要直接破門嗎？」

蘇冉按住欲採取行動的一刻，由他上前。

攀繞著赤紅紋路的長刀對著門與牆之間的縫隙一斬，鎖舌立刻遭到毀壞，門板輕輕一推便往內退開，房內景象逐漸展現在眾人眼前。

與其說那是一間臥室，倒不如說是一個歪曲的空間。

裡頭像是由好幾個房間打通，大得不可思議，無論是牆壁、地板、天花板，或是擺設的家具，全都呈現出古怪的色調，令人想到顏料在水彩盤上糊成一片。

乍看之下，彷彿一幅光怪陸離的抽象畫。

而這幢大宅的兩個主人就躺在中央的床鋪上，他們似乎完全沒察覺到外人入侵的動靜，雙眼緊閉地熟睡著。

「蘇染，妳有看到什麼嗎？」一刻沒有貿然踏入那個怪異空間。

「看到了。」蘇染語氣平靜，但握刀的手指收緊，「是鳥，白色的鳥。」

「什麼？什麼？」柯維安吃驚地問。

「在我眼中，床上是兩隻白色的鳥。」蘇染說道：「其他的，目前還沒看到。」

「我們進去吧。那個橘頭髮的，你自己小心一點，別亂跑。」一刻率先踏入，小心翼翼地接近位於中央的床鋪。

即使依他所見，床上仍是兩名老人，但他相信蘇染的眼睛。他告訴自己那不是真的老人，然後迅雷不及掩耳地朝離自己最近的林老先生伸出手。

當一刻的手指即將碰觸到床鋪的剎那間，蘇染眼神一凜，她看到了有層很淡的幽光顯現，好似一面盾牌擋在床前。

「一刻慢著。」蘇染一把拉住一刻的手臂，但她的動作還是慢了那麼一瞬。

一刻的手指碰觸到那層幽光，下一瞬間，驚天的警報聲在房內尖銳迴響。

就連一刻他們也見到一面泛著詭異青光的光壁平空生成，阻擋在他們與床鋪之間。

床上的兩名老人猶然沉睡，那面光壁似乎能把所有動靜都隔絕在外，讓他們不受到驚擾。

「幹！這又三小！」一刻反射性縮回手，卻阻止不了那陣高分貝的聲音向外擴散。

「有東西靠過來了，很多。」蘇冉聽見一陣陣騷動往他們接近，他迅速站在一刻的另一側，與蘇染一左一右地將一刻保護在中間。

「小語，小范就交給妳顧了。」柯維安抓住恢復形態的巨大毛筆，左顧右盼地留意周圍狀況。

「明白。」秋冬語猛地扣住小范的手腕，另一手持握洋傘。

蘇冉說的東西沒過多久就出現在眾人眼前。

是鬼。

吊死、燒死、溺死、分屍、七孔流血、渾身潰爛、穿腸肚爛……呈現各種淒慘死法的鬼絡繹不絕地穿透壁面出現，就好像整棟屋子的所有鬼魂瞬間都擠到這來了。

它們的雙眼全都被漆黑覆蓋，看不見眼白，像是兩個深黝黝的恐怖窟窿，一旦和它們對視，就會不自覺地感到寒意竄上。

這些鬼和一刻他們先前碰到的又有些許不同，它們看起來沒有絲毫理智，也無法進行溝通。

一刻眼裡閃過戾色。

既然如此，那也不用浪費時間和它們溝通了，直接揍了就是！

面對百鬼進逼，神使們毫不退怯地上前迎戰。

一刻的攻擊最為凶暴，白針揮出的白光像是一彎月牙，冷白清冽，卻挾帶著駭人威勢，勢如破竹地掃盪前方的亡靈。

蘇染和蘇冉配合無間，長刀就像疾迅的烈火，凡是所經之處，都將敵人不留情地捲入了他們的刀鋒之下，成為七零八落的碎塊。

夏墨河遊走在眾人與百鬼之間，他的白線可攻可守，只要哪邊需要支援，線就會及時趕到，可以說是其他人最堅強的後盾。

「線之式之一，封纏！」

大量白線噴薄而出，瞬息之間將獵物纏捆得死緊。

「線之式之五，錐鞭！」

四散的白線眨眼交錯纏繞，末端形成鋒銳的錐狀，有如長鞭疾甩向目標。

「小語，來！」柯維安在秋冬語撐開的傘面上肆意揮舞，勾出流暢的交錯筆畫。

筆尖一退走，秋冬語立刻旋過身，大張的洋傘像是一朵盛綻的紫金花朵，迎上多個發出尖銳咆哮的鬼魂。

咆哮當場變成淒厲的鬼哭狼嚎。

小范也沒亂跑，乖乖地任憑秋冬語抓著自己的手腕，他像在看一部精彩壯闊的電影，滿眼流露讚賞。

他拿出手機，想將面前的畫面錄下來，可隨即又嘆了一口長長的氣，「可惜不能真的儲存帶到外面……太遺憾了，否則肯定能拿去賣不少錢的。」

在這片混亂中，誰也沒聽見小花的自言自語，饒是蘇冉也因心神都放在一刻和百鬼身上而忽略。

幾人中，柯維安和一刻吸引的敵人最多，少了身上三把火的他們，在鬼魂眼中就是散發強烈香氣的餌食。

眼看鬼魂源源不絕穿牆而出，一刻磨了磨牙，心裡清楚再耗下去只會對他們不利。那些鬼可不像人，會感到疲累或體力不支。

「蘇染、蘇冉，別管我這邊，想辦法把那層礙事的東西砍了！」一刻厲聲喊道。

蘇家姊弟交換一記眼色，長刀即刻脫手飛出，雷電般直射向環繞床前的光壁。

這舉動驚動百鬼，它們馬上轉移目標，一波波地飛向了長刀之前，竟是將自身化爲阻撓的障礙物，削弱長刀力量。

見狀，夏墨河靈機一動，眼疾手快地拽住柯維安的手臂，將人猛力扯至一刻身旁。

當失去三把火的兩個人湊在一起，對鬼魂的吸引力立即暴增，連帶減少了擋在光壁前的鬼魂數量。

一刻和柯維安被鬼魂重重包圍。

近距離被迫與模樣淒慘恐怖的鬼面對面，柯維安的臉色都白了。

「蘇染同學，這邊就交給我！」瞥見蘇染、蘇冉控制不住地頻頻回頭，夏墨河鄭重地喊道，「另一邊就靠你們了！」

蘇染二人不再向後看，他們重新召回長刀。這一次直接提刀掠出，身形矯若遊龍、翩若驚鴻，揮出的刀飽含雷霆萬鈞之勢，悍然砍擊上泛著幽光的障壁。

同一時間，夏墨河的白線有了新的動作。

「線之式之七，百雨！」

飛繞在房內的細線改變形態，沖天而起，再從上方急急落下，恍如一場雪白驟雨。它們避開了一刻等人，密密麻麻地穿透那些鬼魂，將一具具身體刺穿成篩子。

在連綿不斷的線雨中，光壁應聲破開，四分五裂地坍塌下來。

伴隨光壁的瓦解，一刻他們看見床上的兩個老人遽然改變身形，身長縮水，表面覆上大量白羽，手腳消失，取而代之的是長出禽鳥的爪子。

不過轉眼間，兩隻體形大約一臂長的白鳥躍入一刻等人眼中。

「真的……變鳥了！」柯維安震驚大喊。

當光壁遭到徹底破壞，百鬼跟著消逝，床上的那對白鳥也被驚醒。漆黑的眼珠裡先是浮上茫然，接著在發覺一刻等人的存在後流露慌亂。

白鳥急促地拍振翅膀，慌慌張張地想找尋逃離的路線。

秋冬語出手迅如雷電，紫色洋傘霍然開啓，朝著前方俐落一撈，登時網住了兩隻撲騰的鳥。

「線之式之一，封纏。」接著夏墨河的白線飛出，將掙扎不休的白鳥捆成粽子，讓牠們插翅也難飛。

獲得重要道具，一行人沒逗留原處，毫不遲疑便往大門方向狂奔而去。

這一次，門被順利打開了。

屋外是暗無星子的黑夜，沉甸甸的黑暗像隨時會壓下來。環立在周圍的山林彷彿巨大沉默的怪物，靜靜俯視著底下發生的一切。

手機的手電筒功能被打開，探照向噴水池。

冷白光線掃過林立在噴水池外圈的一座座雕像，最後在唯一的女性雕像臉上停下。

「小白，就是那個！」柯維安高喊。

一刻和蘇冉一個箭步上前，分別將拎抓的白鳥放到了女性雕像朝上攤開的手臂間。

當兩隻被捆綁的白鳥被放至雕像手上，奇異的事發生了。

座落山林間的巨大屋宅忽然漸漸褪色，黃磚、魚鱗屋瓦、黑鐵花台，就連位在庭院中的噴水池也跟著變得淡薄。

一切都在褪色。

最終，與黃磚大宅有關的景物盡數消失……

曾經矗立著建築物的大片空地上被絢爛的艷紅花海取代。

花莖細長，花瓣赤艷無比，像隨時會從中沁出血滴，在花下積出小小的血泊，濃馥的香氣混在夜色裡陣陣襲來。

這是一片罌粟花海。

他們並沒有回到銀河方舟度假村。

天色漸漸亮起，盤踞在山頭的黑暗退去，可天空卻被厚厚的灰暗雲層籠罩，連一絲陽光也無法穿透。

明明是白日，卻徘徊著一股壓抑幽涼的氛圍，華美的罌粟花海在陰天底下好似也黯淡一層。

柯維安眨眨眼，再眨眨眼，當他眨了三次眼發現眼前景象並沒有任何改變，他不敢置信地拔高聲音大叫。

「怎麼回事？為什麼我們還在這地方？」

柯維安絞盡腦汁思索，以遊戲模式來看，他們達成條件順利通關，照理說不是應該就能回到現實世界嗎？

但現在不但沒回去，反而站在一片花海……等等，這些花……

柯維安慢一拍反應過來，他瞳孔凝縮，瞪著身下的紅花不禁急促地吸了一口氣。

他對這些花有印象。

「這是罌粟花。」

「果然是罌粟花妖那個混蛋搞的鬼啊！」

蘇染與柯維安同時開口，後者透露出的訊息讓一刻幾人錯愕地看向柯維安。

「罌粟花妖是什麼鬼？」一刻沉下臉色，「你知道些什麼？」

柯維安用力拍上額頭，懊惱自己的後知後覺，「對不起啊，小白……結果你們是被我們連累進來的。」

「照你這麼說，我也是被連累的吧，給錢給錢。」小范立刻義正辭嚴地為自己爭取補償。

柯維安自動無視了小范的喋喋不休，像隻落水小狗，可憐兮兮地垮著肩膀，向一刻等人坦承了他和秋冬語會來銀河方舟度假村的緣由。

一刻的表情幾經變化，最後定為一臉認命，「算了，沒差了……」

「小白，你們不生氣嗎？」柯維安戰戰兢兢地問。

「氣個屁，反正碰上都碰上了，又不是你們硬抓著我們過來的。」一刻環視四周，除了幽暗的山林和艷紅的罌粟花海外，似乎再也看不見其他東西。

「跟一刻在一起，沒差。」蘇染直截了當地說。

「沒差，和一刻在一起。」蘇冉和自己姊姊是同樣看法。

「嗯，就當另類的旅行也不錯，只希望這裡的時間和現實裡的別差太多。」夏墨河有絲苦惱地說道：「不然尤里他們會擔心的。」

一刻眉頭登時緊緊皺起。他簡單就能想像出尤里會露出怎樣驚惶的表情，甚至還可能會打電話跟織女求救，然後把唯恐天下不亂的那個丫頭給叫過來。

一想到這裡，一刻下意識打了個寒顫。

即使織女肯定有辦法將他們都拉出去，可與其讓那個惹事精過來擾亂他的假日，他還寧願速戰速決，憑靠自己的力量和朋友們一起離開這個鬼地方。

「小柯，看……」秋冬語的傘尖忽地指向罌粟花，「它們闔起來了。」

幾個人的目光順勢轉過去。

正如秋冬語所說，那些先前盛綻的血色花朵忽地收攏起花瓣，形成花苞的姿態。

鼓鼓胖胖的模樣落入秋冬語眼中，無疑是在引誘她動手。

「小語不要！」柯維安和秋冬語認識那麼久了，一眼就能看穿她的心思，他急忙想制止，但秋冬語的傘尖比他的話語還要快。

他剛嚷出，傘尖已往其中一朵輕戳一下。

「噗滋」一聲，花內竟噴吐出一大股粉紅色的氣體。

眾人警覺地向後退，可沒想到其他花苞赫然也加入噴吐煙氣的行列。

罌粟花接二連三地吐出一股股氣體，如同蕈菇噴發孢子。大量粉色聚集成濃濃的煙霧，環繞在所有人左右，唯獨在某個方向留下一道缺口。

一條黃土小徑從那道缺口延伸出去，顯然是要他們往那邊走。

在沒有其他選擇的情況下，他們也只能照辦了。

柯維安心底還是認定一刻幾人是被自己這方牽連的，二話不說地和秋冬語負責打頭陣，以防危險突然出現。

隨著一行人踏上了那條不知通往何處的小路，他們身後的霧氣也越漸濃烈，終於把來時路吞沒得不見蹤影……

第七章

銀河方舟度假村的遊樂園區。

「哈啾！」從雲霄飛車下來，尤里冷不防打了個噴嚏，一旁馬上有人遞面紙給他。

尤里擦擦鼻子，對花千穗露出了傻氣的笑容，「謝謝小千。」

氣質出眾的長髮美少女彎起嘴角，她的微笑令路過的男性忍不住看呆了數秒。

熱力十足的陽光肆虐，午後的高溫不留情地摧殘著銀河方舟度假村的眾人。有部分遊客早已躲到陰涼處或有冷氣的餐廳裡，有部分仍不畏艷陽留在戶外。

「小千，我們也到涼一點的地方去吧，真的好熱啊……」尤里搧搧風，他的體型在這種天氣下更容易感到悶熱。

「那邊樹下有椅子，我們去那邊坐吧。」花千穗握住尤里的手，和他一同走到了樹蔭底下。

有了大片陰影的阻隔，空氣中的熱度立即下降幾分。

「小千，喝個水。」尤里拿出礦泉水，幫花千穗旋開了瓶蓋。

「尤里你也喝。天氣太熱了，要多補充水分才行。」花千穗喝了幾口就把水推回給尤里，從大包包中拿出一早準備好的野餐便當。

坐在附近的遊客忍不住望過來，吃驚地看著那分量驚人的三層便當。

花千穗逐一將便當盒攤開在桌面上，盒內菜色繽紛，飯糰還特地做成了可愛動物的造型，讓人看了食欲大增。

爲了避免天熱食物容易壞掉，花千穗使用的都是美味且耐放的食材。

尤里摸摸肚子，聽見了裡頭傳來咕嚕咕嚕的叫聲。

「如果吃不夠，我這還有餅乾。」花千穗看向尤里的目光滿是柔情，「是我昨天半夜烤的喔。」

「千妳這樣太辛苦啦……」尤里捨不得自己女友這麼勞累。

「只要想到你會喜歡就一點都不辛苦了。」花千穗主動握住尤里的手。

「小千……」尤里圓圓的臉泛上一層紅。

兩人不自覺陷入了對視，眼裡只有彼此的身影，周邊彷彿散發著無人能介入的甜蜜氛圍。

直到一旁傳來了小孩的哭鬧聲，才讓這對小情侶霍地回過神。

尤里的臉更紅了，明明坐在樹蔭底下，卻覺得自己的雙頰比被太陽直曬還要燙。

「小、小千妳也吃。」尤里趕緊拿了一顆飯糰給花千穗。

花千穗小口小口地咬著飯糰，雖然是坐在戶外的塑膠椅上，但她優雅的吃相讓人產生了彷如置身在高級餐廳裡的錯覺。

花千穗食量不大，準備那麼多食物主要是投餵尤里。

只要看到男友心滿意足地將東西吃下肚，她就會感到難以言喻的幸福漫上心頭，那比蜂蜜還甜，比春天搖曳的花朵還香。

吃得肚子圓鼓的尤里滿足地吐出一口氣，一個控制不住的飽嗝也跟著逸出。

「再來一點餅乾嗎？」花千穗拿起衛生紙，貼心地幫尤里擦去嘴角無意間沾上的食物碎屑。

這親密的舉動讓尤里臉又紅了，圓胖的臉龐像是發燙的包子，「不用了，真的很飽了……小千妳有吃飽嗎？」

「嗯，有的。」花千穗將便當盒收拾起來，「餅乾就留著晚點吃吧。晚餐有想吃什麼嗎？」

「太快啦，我們才剛吃完午餐呢。」尤里摸著肚子，但腦中也忍不住開始想晚餐的菜色，「對了，等等得問一刻大哥他們，不曉得他們晚餐想吃什麼？看是要在度假村裡吃，或者是搭車到市區裡……來之前我有好好做功課，列了很多家網路上推薦的店。要是大家想要逛夜市的話也可以，不過可能就要早點出發比較好。小千妳覺得呢？」

「我都可以。」花千穗托著腮，眼眸像是沁水的黑珍珠，眼中只倒映尤里的身影。

「我問問他們……」尤里拿起手機，點開了群組的聊天頁面，最後的訊息還停留在夏墨河提及他們要去搭遊園車到森林區那裡走走。

尤里發了一句「你們現在在哪裡」，等了好一會，都沒跳出已讀通知。想了想，他直接選擇了群組通話。

但出乎他意料，四人都遲遲沒有加入通話。

將近兩分鐘過去，尤里最後只能自己先退出通話。他皺起臉，五官糾結在一塊，只差沒把「煩惱」兩字寫上臉上。

「怎麼了？沒人接嗎？」花千穗自是不會忽視尤里的表情變化。

「對，都沒人接……」尤里苦惱地說，「但就是這樣才奇怪，怎麼會大家都沒接電話呢？我再撥看看好了。」

這次尤里沒使用LINE的通話，而是找出一刻幾人的手機號碼，一個個打過去。

一樣無人接聽。

尤里的臉色頓時變了變。

那邊可是有聽力格外敏銳的蘇冉，就算手機放在包裡，也不可能會沒注意到。

會不會……他們正在某項遊樂設施上？

覺得可能是這原因，尤里多等了好幾分鐘再重新撥打一次，可結果仍然相同。

這下子，尤里真的坐不住了，他猛地站起身子，「一刻大哥他們那邊一直沒人接電話……小千，我覺得事情可能不對勁。」

花千穗沒問尤里是覺得哪裡不對勁，只是朝他點點頭，拉住他的手，用行動表示他們一起去找人。

□

天空仍是陰的。

這個世界像被灰濛濛的顏色徹底覆蓋，厚實的雲層擋住了所有陽光，好似永遠不會散開。

七名年輕人在黃土小路上持續向前走，不知不覺，氤氳的粉紅煙霧慢慢散去，隱藏在霧後的景象逐漸變得清晰。

他們首先看見一座紅磚砌成、上方是燕尾屋脊的雙層門樓。黑色的門牌提著「〇〇山莊」四個大字，但前兩字損毀嚴重，只留下少許斑駁筆畫，無法辨識完全。

門外還掛著兩盞紅燈籠，上面寫著大大的「囍」字。

「這是在……辦喜事的意思嗎？」柯維安疑惑地打量了紅燈籠幾眼。

「進去不就知道了。」一刻回頭望了一眼，此時他們身後的小路已被粉紅煙霧完全掩蓋，再也看不見路徑輪廓。他用腳趾頭想也知道，那個罌粟花妖就是要他們進去這門樓裡面。

小范東張西望，眼珠滴溜地轉，還拿出手機到處拍照，似乎對這裡充滿好奇。

「小范，你跟好。」柯維安不是很想管那名少年，但也不能真的丟著不管。

身爲神使，保護普通人類的安危也是責任的一環。

「知道啦……」小范拉長了聲音，在沒人注意到的角度，拇指快速在螢幕上戳按。

假如有人能看見，就會震驚地發現他手機右上角的異狀——居然是有訊號的。

柯維安看看一刻，他也不知道自己爲什麼會有這個動作，可下意識就想向對方徵詢意見。見一刻朝自己點點頭，他和秋冬語率先走入門樓。

一穿過門樓，最先映入眼中是的長至膝蓋高的遍地罌粟花，鮮紅色的花朵簡直無所不在地開滿了各處。

艷麗花海中則是一個遼闊的四合院。

中式復古風格的建築物和先前的黃磚西式洋宅有著強烈的對比。

幾個年輕人不禁停住了腳步，謹慎地觀察起四周環境。

四合院的門廳正對面是一座半月池，池裡長滿了浮萍水草，導致水面看起來綠油油的一片。

而在門廳外的前庭處，不只長滿茂密的罌粟花，還擺著多張紅色大圓桌。桌面上擺著塑膠碗和杯子，桌子旁邊環繞著許多張塑膠椅。

乍看下就是在準備筵席，等待著賓客的來臨。

只不過這幅準備宴客的畫面搭配著赤艷的罌粟花海，怎麼看怎麼詭異。

「有看到什麼或聽到什麼嗎？」一刻低聲問著身邊的青梅竹馬。

蘇家姊弟輕輕搖頭，這裡感覺異常乾淨，不像黃磚大宅能看到或聽到鬼魂的動靜。

「這四合院……感覺也太大了吧……」柯維安站在閉起的烏黑正門前發出感嘆。

從正面看，這間四合院佔地確實大得驚人。

一般看到的四合院，兩側通常只有左右護龍，但這間卻有著左右外護龍跟左右外外護龍。

多層護龍的格局讓它看起來莊嚴大氣，隱隱散發著不可侵犯的氣勢。

「要……破門嗎？」秋冬語執高洋傘，只要柯維安一同意，她手上的洋傘就會如紫電凶猛向前。

「我覺得……」柯維安的「先敲門」三個字還含在嘴裡，前方閉起的對開式門板倏地開啓，一道身影從門後匆匆走出。

那是名體型削瘦的中年人，膚色蠟黃，寬大的衣服穿在身上給人會被風吹跑的瘦弱感。

他看見柯維安幾人後立刻面露喜色，就像是等候他們許久了，三步併作兩步地殷勤上前。

他自稱姓王，是這間大宅的管家，「我們主人一直在等你們，你們總算來了，快跟我進去吧。」

「進去？進去要做什麼？」一刻冷著臉，眼神凌厲，輕易就能把人嚇得一顆心七上八下。

但王管家像毫無所覺，臉上還是掛著熱情中難掩迫切的笑容，「先生和太太會跟你們詳談的，你們進去就知道了。」

「你們的先生和太太又是誰？」夏墨河有禮貌地詢問，「請問你們這是在準備辦喜事嗎？」

「先生和太太會跟你們詳談的，你們進去就知道了。」王管家似乎只會重覆同樣的句子。

幾人對視一眼，憶起先前在黃磚大宅碰到的狀況，當時屋主也是如此。

柯維安心念一動，想著這恐怕是第二場遊戲，或者說是關卡了。

先不論罌粟花妖的最終目的是什麼，首先他們得達成這道關卡的過關條件。

一群人跟著王管家進入四合院。

踏入院內才發現這是兩進式的建築物。

比起外面的前庭，門廳後的內埕也是不遑多讓的寬闊。中間鋪著紅磚地，構成一個大大的菱形圖案。

內埕的矮牆上開著六角漏窗，窗內設計的花紋各有變化，以器物類為主。假如陽光露臉，就會在地面上投映出古錢、花瓶、扇子等等形狀的繁複陰影。

裡頭有不少幫傭來來去去，有條不紊地忙著各自的工作。

奇妙的是，這些人都長著一張大眾臉，看過去很快就忘的那種，且不論男女，都不高不矮不胖不瘦。

只是他們皆苦著一張臉，眉宇間是化不開的鬱色，時不時就能聽見有人哀聲嘆氣。

繚繞在院內的氣氛也格外壓抑沉悶，像要壓得人喘不過氣，如同今天晦暗的天色。

傭人見到王管家帶著一群年輕客人進來，或多或少都看了幾眼，不過誰也沒多嘴開口，只是匆匆地向王管家點了點頭。

相較於四合院隨處可見的優美雕刻和設計，柯維安幾人更在意的是那些張燈結綵的布置。

兩側廂房屋簷下掛著成串紅燈籠，牆上、窗上貼著鮮艷的囍字或是喻意吉祥喜慶的窗花。再加上前庭擺設的那些大圓桌，不難看出這間宅院正爲了一場婚宴而忙碌。

然而至今所看見之人皆表現出死氣沉沉的模樣，彷彿他們在舉辦的不是喜事……而是一場喪事。

柯維安他們沒多問，問了王管家也不會回答，反正一切等見到四合院的主人自然就會揭曉。

王管家領著他們來到了正廳，推開半掩的門板，裡頭的一對男女立刻站了起來。

他們穿著正裝，衣前別著喜慶的胸花，和廳內一派喜慶的布置相當符合，但他們神情憔悴，臉上是化不開的憂愁。

「啊……」柯維安低呼一聲。只因爲面前的那對中年男女，活脫脫就是林老先生與林老太太再稍微年輕一點的版本。

蘇染幾人也認出來了，唯有一刻摸不著頭緒，狐疑地望望友人，試圖從他們臉上得到暗示。

「這兩人長得像之前那對老夫婦的中年版。」蘇染爲一刻解釋。

一刻盯了一會就放棄，這對他來說實在有些困難，他在認人和記人方面不太擅長。

把人送到，王管家就退出正廳，將空間留給他的雇主。

四合院的主人姓林，他們客氣有禮地請這群年輕人坐下，要他們稱呼自己兩人林伯和林姨就可以。

「連姓都不改，ＮＰＣ都是這樣重覆利用的嗎？」柯維安小小聲地吐槽。

一刻給了他一記「你少廢話」的眼神。

林姨爲大家都倒了一杯熱茶，看向他們的眼神像看著能救人於水火的救命恩人。

有了上回的經驗，柯維安也沒在不相干的話題上多做詢問，直截了當地切入重點。

「你們想要我們幫忙做什麼？」

「各位也看到了，我們在替小女籌備婚事，但是……」林伯置在大腿上的拳頭緊握，神情沉痛，「但是我們根本不是自願的，我們是被逼的！」

林姨紅了眼眶，連忙拿出手帕擦拭著眼角。

「被誰逼的？」雖說明白這一切不是真實的，但柯維安還是忍不住跟著同仇敵愾。

「是……」林伯眼中流露驚懼，音量甚至不自覺地壓低，彷彿怕被誰聽聞，「是白大人。」

林伯娓娓道來，眾人才明白白大人是怎樣的存在。

白大人不知從何時就存於此地，關於他的傳說是一代傳一代，難以追溯源頭。

有人說他是仙，有人說他是鬼，也有人說他是妖怪。

但無論他是什麼，他都受到此地人的畏怕。

每隔一段時間，白大人就會尋找他的新娘，他會帶著小鬼和轎子前來迎娶。

被他選中的新娘，沒有人能逃得了，只能乖乖上轎。

上轎之後會發生什麼事，沒人知道。

唯一可以確定的是，那些被帶走的新娘都不會再回來了，她們像永永遠遠地消失於這個世界上。

這一次，白大人選中的是林家女兒。

鑼聲一響，就是白大人帶著迎親隊伍過來的信號，屆時他們會撞開大門，將待在喜房的新娘子迎上轎。

一旦白大人入院，所有人都得躲進屋內，門窗緊閉，不得朝外窺視。否則白大人的小鬼就會把人抓去當奴僕，成爲他們的同伴。

「那外面的辦桌……」柯維安問的是前庭那些擺好碗筷杯盤的大桌子，「應該不會眞的有其他客人要過來吧？」

「怎麼可能會有客人……」林伯苦笑，「那只是……試圖讓白大人他們晚點進來的一種手段而已。這是祖上流傳的，聽說能將白大人帶來的小鬼留一些在外面，讓他的人手變少。雖然知道這或許也無濟於事，但我們……也只能死馬當活馬醫……」

林伯說到這裡，林姨忍不住又悲從中來，眼淚止不住地落下。

「造孽啊，怎麼偏偏就是挑中了我的乖女兒……求求你們了，拜託你們一定幫我們打倒邪祟啊……」林姨說到最後泣不成聲，她摀著嘴，小小聲地抽噎著，看向正廳裡年輕人們的眼神寫滿冀求。

「只要打倒邪祟，我們一定會給予重謝的。」林伯鄭重無比地允諾。

柯維安心中有了判斷，這關的通關條件顯然就是打倒邪祟，也就是林伯和林姨口中的白大人了。

「我們明白了，請交給我們吧。」柯維安拍拍胸脯保證，「我們一定會想辦法幫忙的。另外還有件事想問一下，你們聽過『花罌粟』這個名字嗎？」

當這三個字逸入空氣裡，林伯和林姨的表情瞬間變得平板，像戴了一張面具。就連在內埕走動的幾名幫傭也倏然停住不動，多雙眼睛齊刷刷地轉過來，瞬也不瞬地直盯著說出這個名字的柯維安。

正廳內頓時寂靜得針落可聞，氣氛詭異至極，像繃到最極限、隨時會斷裂的弦線。被盯住的柯維安只覺頭皮發麻，那些人的眼睛就像無機質的玻璃珠，令人毛骨悚然。

「呃……啊哈哈……」柯維安乾笑幾聲想打破這份死寂，但四合院的人依舊直勾勾地看著他，讓他的聲音卡在了喉頭，一時擠不出來。

「一刻，有說話聲。」蘇冉眼神微動，飛快望向門外，將自己聽見的話語複述出來，「女人的聲音……她說，等你們通過這關，我自然會出現在你們面前。」

「蘇染。」一刻想也不想地看向長辮子少女，後者順著自己弟弟的視線望出去，卻什麼也沒看見。

「我沒看到。」蘇染平靜地說。

「重點是……他們怎麼還一直盯著我啊！」柯維安被盯得全身要起雞皮疙瘩了，他的求助聲一落下，正廳裡凝滯黏稠的氛圍霍然消散。

林姨擦擦眼淚，林伯長吁短嘆，外頭的傭人邁步走開，彷彿剛才的異狀不曾存在。

「我們可以去看看新娘子嗎？」夏墨河向林姨提出了要求。

「啊，當然可以。」林姨連忙站起，帶著一夥人前往右護龍的一間房間，那裡被布置成喜房，裡頭全是喜氣洋洋的裝飾。

新娘子一身艷紅色的旗袍，整個頭被紅蓋頭罩住，一雙雪白的手平放在大腿上，指甲塗著紅艷艷的色彩。

「誰？」聽見門聲響動的新娘子微微抬頭，聲音極為年輕，帶著一絲惶恐。纖弱的身軀也跟著微微顫抖，宛如受到驚嚇的小動物。

「別怕，是媽。」林姨趕緊上前握住女兒的手。

聽見是母親的聲音，新娘子緊繃的肩膀這才鬆放下來。她下意識想揭下紅蓋頭，可林姨馬上把她的手緊緊按住。

「不能揭，揭了就會被白大人立刻帶走的。」林姨緊張萬分地說，「這紅蓋頭都是要新郎揭下的，只要還好好蓋著，白大人就會按照步驟從門外進來。」

「這倒是可以爲我們多爭取一點時間……」柯維安若有所思地說。

「你是……」新娘子好奇地將頭轉向柯維安的位置。

「這是我和妳爸找來的人，他們會保護妳，不會讓妳被白大人帶走的。」林姨柔聲安撫，伸手摟著新娘子的肩，「妳別怕。」

「眞的嗎？」新娘子喜出望外，語氣裡是藏不住的激動，「你們會打倒邪祟嗎？」

「我們會盡全力打倒白大人的。」柯維安承諾，「妳們知道白大人大概會什麼時候來嗎？是一入夜，或是要等到三更半夜的時候？」

林姨和新娘子也說不準白大人何時會出現，她們只能確定聽見了鑼聲，就代表著迎親的隊伍到了。

一刻拿起手機瞄了一眼，還是沒有訊號，時間則是顯示下午四點半。

「我們去外面看看。」一刻說，「柯維安你……」

「我和小語先在這陪新娘子吧。」柯維安舉起手，「等小白你們看完，再換我們出去，有什麼問題我會用盡全力大叫的。」

「我也會大叫，啊……地大叫……」秋冬語那軟綿綿的聲音倒是沒太多說服力。

一刻知道這兩人爲了保險起見才留下，他點點頭，和自己的朋友們先退出了喜房。

第八章

天上的灰雲依舊沒有散去的跡象，雲層壓得極低，像一不留神就會垮下。

一刻等人先在四合院的右半邊確認環境，不過才走了一小段路，一刻就停了下來。

「你他媽的跟在我們後面幹嘛？」一刻冷著臉轉過身，厲瞪著像條小尾巴緊黏著他們的橘劉海少年。

「一樣是走走逛逛囉。」小范嬉皮笑臉地說，似乎不畏一刻銳利的目光，「難得看到這麼大的四合院嘛，想要開開眼界。但我可不敢一個人亂走，我還得要你們保護弱小無助的我啊。」

「放……」一刻忍住差點脫口的髒話，他可看不出這人全身上下有哪裡寫著害怕，

「嘖，隨你高興。」

「我不會增加你們麻煩的，不信的話，我願意用我錢包裡的所有錢來發誓。」以小范死愛錢的性格來說，這對他無疑是個極為狠厲的毒誓了。

一刻對小范的立誓內容沒半點興趣，他想著來時見此處佔地寬廣，覺得還是分組查看比較快。

他和另外三人討論一會，決定兩兩行動，至於如何搭檔就用猜拳來分配，輸的一組，贏的一組。

看著自己出石頭的手，蘇染和蘇冉不由得陷入了沉默，他們沒想到自己居然輸了，誰也不能陪在一刻身邊。

「好了，你們兩個一起，我跟夏墨河，趕緊行動吧。」一刻開始趕人，絲毫不懂青梅竹馬的心情，「還有你，看你要跟哪邊？」

「我跟你們吧。」小范沒有猶豫地選擇跟在一刻他們後面。

「我們不在，要好好保護自己。」蘇染伸手按著一刻的左肩。

「男孩子也容易碰到危險的。」蘇冉搭著一刻的右肩。

「幹！工三小！」一刻沒好氣地拍開兩隻手，「快走，左邊就交給你們了，有問題就大叫，別逞強。」

趕走了依依不捨的蘇染和蘇冉，一刻他們沿著屋簷下的步口廊前進，依序走過了右護龍、右外護龍和右外外護龍。

經過的廂房大多門窗緊閉，看不見室內景象，但也有幾間門窗大敞，一覽無遺。一刻下意識往內掃了一眼，發現沒異常就收回目光，可當他來到下一間，他猛地煞住了腳步。

房內有幾名年紀大的女子，她們圍著圓桌而坐，桌上是成疊的黃底紅紋往生紙，紙張四角寫著極樂世界，一旁還堆著許多用這些紙摺成的蓮花和金元寶。

在一刻的記憶中，他只在一種場合見過這些東西──喪禮。

金元寶和往生蓮花與四合院內的喜慶紅色簡直呈極端對比，有種說不出的詭異。

「不好意思。」夏墨河敲敲敞開的門板，掛起和煦的微笑，「請問妳們是在……」

房內女人們抬起頭，她們的臉孔也是不具特色的大眾臉，幾個人同時朝門口看來，恍惚間像是好幾張一模一樣的臉在看著人。

「看不出來嗎？我們在摺元寶和蓮花。」年紀最長的一人開口。

「為什麼要摺這些東西？」小范從一刻和夏墨河身後擠了出來，「這些是摺給往生者用的吧。」

「我們在摺元寶和蓮花。」那個女人還是同樣的回答。

「等等是要拿去燒掉嗎？」小范一副想打破砂鍋問到底的模樣，但得到的仍是一成不變的答覆。

接下來，夏墨河也嘗試問了其他問題，但房內女人來來回回好似就只會那麼一句，如同跳針的唱片。

「哎呀，浪費我那麼多口水，好歹回答也給點變化嘛。」小范不滿意地直咂嘴，「換作平常，要我多講話可是……」

「要收錢的對吧。」一刻白了小范一眼，懷疑對方的腦袋裡裝的不是大腦，而是成堆的錢錢錢。他一掌把想竄進房裡的小范扯回來，給了對方警告的一眼，「給老子安分點，沒看到她們要起來了嗎？先看她們要做什麼。」

三個女人有志一同地站起，抱著成堆的紙蓮花和金元寶往房外走。她們繞過一刻等人，目不斜視地一路朝著四合院的大門方向走去。

一刻三人看見好幾間廂房也有人陸續走出，懷中同樣抱著紙蓮花和金元寶，一樣走往大門處。

這些傭人走出了四合院外，將紙蓮花和金元寶分批放到那些紅色大圓桌上，彷彿將這些摺紙當成了食物擺放。

還有人從院裡搬出燒金桶，把剩餘的蓮花、元寶放到桶內燃燒。濃密白煙升起，焚燒往生紙的獨特味道立即飄出。

一刻越來越難以理解這些人到底在做什麼。

「他們在燒這些紙元寶、蓮花，是燒給誰？」小范摸著下巴，像被勾起興趣，眼眨也不眨地看著那個燒金桶。

艷麗的橘紅火焰燒得旺盛，猛烈的火勢就像從燒金桶內伸出了利爪和獠牙。

過沒多久，又有一人拿了根棍子伸進燒金桶內攪拌，讓壓在最底下的紙燒乾淨。直至火勢完全熄滅，那人又將燒成灰白色的灰燼撈出，一一放到桌上碗內。

「林伯之前說過，這裡的宴席是要拖住白大人隊伍的腳步吧。」夏墨河不自覺地放輕音量，「那桌上的那些東西……」

「是給小鬼吃的吧。」一刻也看出來了，桌上的元寶、蓮花和白灰，都被當成菜色整齊地擺放著。他眉頭皺得像能摺出深刻紋路，心裡浮出某個猜想，「該不會……所謂的小鬼是眞的鬼，那個白大人……」

「也許還需要更多線索才能判定是鬼是妖。」夏墨河有所保留。

「別拖拖拉拉的，弄好就快點進來！」王管家快步走出廳內，揚聲催喊還在前庭的傭人，再轉頭對站在一旁的一刻等人說道：「客人們也請趕緊進去吧，大門要關了。」

烏黑的門板迅速被重重關上，將罌粟花海中的筵席隔絕在外。

天更陰了。

遠邊的雲層深如潑墨，濃稠的幽黑似乎用不了多久就會朝周圍擴散。

但四合院沒有亮起燈，掛在屋簷下的紅燈籠亦沒有點燃，整個院落籠罩著說不清、道不明的陰森感。

一刻他們才走回內埕，左護龍處忽然跑出了兩道人影。

「蘇染、蘇冉，怎麼了？」一刻心知他們不會無故急匆匆跑來，只怕是在左側那邊發現了什麼。

「有些東西。」蘇染拉住一刻的手，示意他們一起過去。

幾人來到的是左外護龍的天井，擺設其中的物品讓一刻幾人不由得愣住。

那是紙紮。

專門燒給亡者的紙製品。

當中最醒目的莫過於一對童男童女，以及它們中間擺置的一頂紅色小轎。

穿著亮粉和亮藍衣飾的紙人外貌如同小孩，臉頰上塗著艷紅的腮紅，與慘白臉孔成了令人悚然的對比。它們站在那，臉上畫著彎彎的笑，黑漆漆的眼珠盯得人心裡發毛。

「還有金銀珠寶……」小范繞著那堆紙紮走了一圈，在那頂紅色小轎前停下，「再加上這個，這感覺像是要冥婚啊。」

冥婚是活人與死人，或是死人與死人的婚禮。

如今四合院要準備婚事，正常的婚事哪可能會用上這些給死人的東西？院外的那桌元寶、蓮花、白灰更說明了異常。

一刻他們才剛見過新娘子，對方是個活人，那麼死人只可能是指……

眾人飛快交換一記視線，「白大人」三個字還來不及脫口說出，突地一陣刺耳聲響便炸開了。

那聲音似乎來自外邊，但又響亮得驚人。

鏘！

敲擊金屬的聲音傳至近乎死寂的院內，宛如要一路震進人的四肢百骸，再竄上脊椎，讓人頭皮發麻。

鏘！

又一陣震耳欲聾的敲響，這一次離四合院更近了。

「小白！」柯維安的大叫聲立刻傳來。

一刻他們無暇再細看這些紙紮，迅速往內埕跑去，差點和從喜房內衝出的柯維安、秋冬語撞個正個。

「我剛好像聽到……」柯維安手裡握著不知何時召出來的毛筆，金燦燦的墨漬滴墜在石板地上，留下一條斷斷續續的痕跡。

柯維安還沒來得及與一刻幾人求證，驚鑼聲又響，重重地撞入在場所有人心頭。

還在外走動的傭人慘白了臉，顧不得手上的工作，馬上連滾帶爬地往廊下跑。

正廳裡的林伯、林姨駭得摔了手中茶杯，茶水潑到地面，濺出不規則的水痕。

王管家衝了出來，氣急敗壞地斥罵，「跑什麼跑！先把東西拿出來擺好，不想死就動作快！」

王管家邊罵也邊往左護龍方向趕去，沒一會就和幾名幫傭一同抱著紙紮跑出來。紙轎與童男童女往中間放，金銀珠寶和其他物品擺旁邊。

擺好了那堆東西，他們馬上躲進房間，關門關窗聲接二連三響起。就連正廳的大門也被猛力關上，所有房間都被關得緊緊，徒留一群年輕人和紙紮在外。

「這該不會是……」柯維安嚥嚥口水，憶起林伯曾經說過的。

鑼聲一響，就是迎親隊伍要來了。

是白大人要來了。

「你先找地方躲！」一刻對著小范嚴厲喝道。

小范面露幾絲猶豫，似乎很想留在現場，但礙於一刻目光鋒銳如刃，像能從他身上剜下一塊肉，他摸摸鼻子，識時務地跑向旁邊的護龍。

然而小范試了幾間廂房的門，皆是關得死緊，絲毫沒有打開的意思，包括窗戶也一併被鎖住，徹底斷絕入室的可能。

小范只得再跑回來，朝幾名神使做了個無可奈何的手勢。不是他不躲，是沒人願意讓他躲進去。

「小語，妳待會就負責看好他。」事態緊急，柯維安也不好叫小范再跑去其他層護龍了，乾脆把對方塞給秋冬語。

「明白……」秋冬語頷首，將小范往自己身後拉。

「新娘那邊呢？」一刻緊盯著前方那扇將前庭與四合院內隔開的烏木門，掌心微微出汗。

「我有先在門窗上畫了幾筆，設下暫時的防護。」柯維安連忙說道：「本來是想看能不能多問些白大人的事，可惜新娘子回應的就那幾句，什麼新情報也沒探聽到。」

「你現在也不用探聽了，可以直接跟當事人面對面。」一刻扯了扯嘴角，「夏墨河，新娘那邊交給你了。」

夏墨河的武器攻防皆可，且防禦力是他們幾人中最高的，由他保護新娘最合適。

「了解。」夏墨河手腕浮出青金色的神紋，白線轉眼便纏繞在手指間，「你們也小心點。」

鏘鏘鏘！

敲鑼聲一聲接一聲，聲音已近到好似就在大門外，隨後又加入了嗩吶的吹奏，尖利的樂曲如同拔高的鬼哭。

「聽起來不像《步步高》，也不像《八節長歡》。」蘇染冷靜分析，對自己認不出對方所奏樂曲有些扼腕。

「那是什麼？」一刻聽得一頭霧水。

「古代結婚時會用的音樂。」蘇冉接著說。

「爲什麼你們連這都知道？」一刻匪夷所思地瞥了青梅竹馬一眼。

「也許未來會用到，先研究總是好的。」蘇染一本正經地說。

蘇冉沒說話，但他點了點頭。

一道分不出是男人女人老人小孩的嗓音霍地由門外傳來，尖細得像要刺破耳膜。

「今日吉時，上轎喔——」

天雖是陰的，但溫度還有些悶熱，空氣凝滯不動般。

可當那道呼喚聲揚起，四合院內的溫度驀然降了好幾度，難以言喻的寒意拂過眾人脖頸、耳後，彷彿有看不見的蛇正對著他們嘶嘶吐氣。

柯維安控制不住地打了個寒顫，發現自己手臂不只寒毛豎起，雞皮疙瘩也顆顆冒出。他看著離自己不遠的童男童女，反射性與它們拉開了一段距離。

然後奏聲戛然而止，敲鑼的人停了，吹嗩吶的人也停了，取而代之的是閉闔的烏木門後傳出了規律的撞擊聲。

咚、咚、咚。

就像有兩根棍子在來回撞著門板。

「都小心點，別大意。」一刻輕聲交代，白針也出現在他手中，整個人如同繃到最緊的弓弦。

當第三下撞門聲結束，所有人都目睹了門閂像被看不見的手解下，本來閉得緊緊的對開門扇朝著兩側自動拉開……

門間空隙越來越大，院裡的人也越是看清外頭景象。

柯維安倒抽了一口長長的氣，眼眸瞪圓。

門外停著一台白色小轎，四道黑色人影扛著轎杆。它們全身上下都是黑的，沒有五官，身體平板，彷如是從黑紙上剪下來的四抹人形。

轎子旁還站著一道高得嚇人的白色身影，高到甚至只能看見它的半截身體，胸以上被門框擋住。它一隻手垂落在腰間，一隻手半屈起，提著一盞沒點亮的白燈籠。

那兩隻手看上去一點也不像是人類會有的，猶如兩隻蒼白的雞爪子。

更後頭的罌粟花海中，紅色大圓桌坐滿了人。說是人也不準確，應該說是一片黑壓壓的模糊人影，不管再怎麼盯視，都沒辦法瞧清它們的面孔。

白大人和它的小鬼都到了。

「吉時已到，上轎喔——」

尖銳的呼喊冷不防落下，同時四合院外的扛轎隊伍動了。

四名黑漆漆的轎夫腳不著地，飄進了四合院內，行進間還能聽見鎖鍊曳地的聲音，匡啷匡啷地響動著。

接著那道看不見長相的白色身影也動了。

內。

長長的身影猝然半彎下來，上半身像是被抽去骨頭，如一條長長的蛇鑽進了烏木門

所有人終於看清白大人的完整面貌。

它很白，是缺乏生氣、一看就知道不是活人的那種死白，幽黑的兩顆眼珠子彷彿不見底的深深窟窿。

白大人的上半身一入門，下半身也跟著邁進。它的雙腳跨過烏木門後，手裡提著的白燈籠瞬間亮起，火苗隨著燈籠晃動而微微搖曳。

糊在竹架的白紙更是浮上了一個像用毛筆書寫的「林」字。

「吉時已到——」

分不出是男是女的尖細喊聲在院內迴盪，不知從何而來，又是由何人發出。

「上轎喔——」

「上轎喔——」

「上轎喔——」

重重喊聲交錯，此起彼落，像是無數人在四合院裡放聲呼喚。

饒是見識過各種不可思議事物的眾神使們也不禁背後竄上一股顫慄。

白大人長長的身軀像蛇一樣悄無聲息地往前滑動，它本來該直接滑向喜房，但卻忽然停住了往前的動作。

它背部弓起，上半身以古怪的角度彎了下來。可即使如此，雙眼依舊能居高臨下地俯視著擋在自己前方的幾名年輕人。

白大人一停，扛著白色小轎的轎夫也隨之停下。

它們背微駝、頭低著，然而當它們落足在一刻等人前方，低垂的頭顱卻猛然抬起。那幾張黑黝黝的面孔明明沒有五官，卻能讓人感受到強烈的視線感，就好像上面有雙眼睛牢牢地鎖定人不放。

下一秒，白大人的嘴巴大張，越來越大，大得像隨時能把就在它眼下的白髮少年一口吞進去。

然而那張駭人的嘴巴沒有吞掉一刻，而是發出了極爲怪異的嘯聲。

說怪異，是因爲那聲音竟直接在所有人腦海中出現，像銳利的大斧劈開眾人腦袋。

蘇冉受到的影響最大，他面色褪成慘白，冷汗冒出，挺拔的身影甚至不穩地晃了晃，眼看就要往前栽倒。

「蘇冉！」蘇染眼中閃過焦急，眼疾手快地抓住自己弟弟的臂膀，使力將他撐起。

「今日將有一人上轎，不是你們。」白大人的聲音沒有一絲起伏或溫度，就僅僅是一道宣告命運的聲音而已，「但你們也得被帶走。」

白大人話語甫落下，身影又以一個詭異的角度滑動，一晃眼便越過了一刻等人，逼至喜房所在的右側護龍。

「夏墨河！」一刻忍住腦袋的疼痛，放聲大吼。

「線之式之八，蛛網！」溫潤的男中音透出凜冽，像把刀刃切開了灰濛濛的天幕。

從眼角餘光瞥去，一刻他們可以看見雪白絲線如煙花噴放，在右護龍的步口廊下交織爲一片結實大網，攔住了白大人的去路。

四名轎夫此時也放下了白色小轎，雪白帷幔跟著飄晃幾下，隱約露出空無一人的坐廂。

裡面自然是不會有人的，白大人來此就是要找上轎的人。

「吉時到，須上轎，不得攔路。」

黑漆漆的轎夫沒有嘴巴，可拔得幽幽細細的聲音確實是從它們體內傳出。

轎杆一離手，它們立刻就朝一刻等人飛竄過去，快得像是黑色的旋風，眼看就要接觸最前端的一刻了。

「小語！」柯維安按著陣陣抽疼的太陽穴，從牙縫間擠出了喊聲。

秋冬語是一行人中恢復最快的，在轎夫……或者說小鬼，即將撲向一刻之際，她一個閃身掠出，紫色蕾絲洋傘迅雷不及掩耳地張開，硬生生擋住了那些黑色身影。

有秋冬語爭取時間，其他人總算從那份疼痛中稍緩過來，二話不說便提起各自的武器迎戰敵人。

柯維安沒有第一時間加入戰場，而是抓著毛筆飛也似地奔向了兩側護龍和正廳。

他邊跑邊舉高毛筆，金墨揮灑，燦艷的顏色斑斑點點落至建築物的牆面及門窗，替躲在房內的人施加上一層臨時保護。

柯維安喘著氣，視線隨即又落至門廳的烏木門上。趁小鬼們還沒把目標轉向自己，他拔腿再飛奔，用力將敞開的門板關上，最後毛筆再豪邁一畫。

關門聲似乎引起了小鬼的注意力，原本和一刻幾人纏鬥的其中一名驀地扭過頭。

它的腦袋是眞的一百八十度地扭轉過來，身體是背對的，面孔卻已可以與柯維安對視。

柯維安慶幸著還好那小鬼的臉一片漆黑，本就很難分出正面或背面，所以看起來沒有預想中的嚇人。

但當那個小鬼驟然像煙霧解體，分成好幾大塊朝他飛過來時，柯維安還是忍不住驚叫一聲。

「媽啊！」柯維安連忙將毛筆當成刀劍揮舞，對準最近的那截黑色手臂猛力斬下。卻落了一個空。

那截手臂竟再如飄渺煙霧化開，讓吸著金墨的筆尖只斬到一片空氣。

但那飛濺的金墨還是對小鬼造成了威嚇，對方像是懼於墨水的威力，飛馳而來的速度因此減緩許多。

「小白，我去幫夏墨河，這邊就拜託你們了！」柯維安沒有放過這個機會，他果斷再移動步伐，使盡全力跳上內埕旁的矮牆，將之當成一條便利的捷徑，像顆出膛的子彈瞄準目的地竄出。

他的目標正是喜房。

雖說夏墨河的白線可攻可守，卻無法同時使用多種招式，一旦陷入被動，很容易面臨危機。

一刻只給了一個簡短的音節當作回應，隨即將心力放在與小鬼的纏鬥上。

喜房前，白大人被夏墨河的蛛網攔住了去路，那些看似細軟的白線交織起來，就成了難以攻破的銅牆鐵壁。

白大人俯視著蛛網後的夏墨河，幽黑的眼珠子宛如深淵，裡頭沒有絲毫屬於生物該有的溫度和情感。

夏墨河能深刻地感受到寒意絲絲縷縷地爬上了自己身子，但他還是沒有退讓，手裡白線毫不鬆放。

白大人抬起一隻手，尖利的指尖戳上蛛網，無形的沉重壓力頓時施加其上，白線編織的大網竟逐漸凹下去了。

夏墨河咬緊牙根，雙腳用力，使勁不讓自己往後退，手腕上的青金光芒越發明亮，彷彿一圈發光手環。

原本凹下的白網就像獲得了新的支撐，開始慢慢反彈。

見狀，白大人身形晃了晃，本就極爲瘦高的身子登時延伸得更長。它的嘴又一次地張大，像是驚人的黑洞。

它緩緩垂下頭，儼然要將面前的障礙物一口吞入肚。

千鈞一髮之際，柯維安帶著毛筆及時到來。

他將包裡的筆電拎出掀開，迅速往蛛網一扔，不偏不倚正好卡在絲線之間。

流失不少墨漬的毛筆出奇不意地繞過白大人，筆尖猛力摁入亮著冷光的螢幕裡。

夏墨河訝然地看見毛筆竟是陷入本該堅硬的螢幕深處，就好像那其實是一層柔軟的液態物。

還沒等白大人反應過來，柯維安已俐落抽回毛筆，反手便往對方不客氣抹下。

但白大人速度更快，它快若鬼魅地滑閃而過，可這也是它首度被逼離了喜房外一段距離。

見自己的攻勢成功恫嚇對方，柯維安抄起筆電扔回包裡即刻乘勝追擊，讓對方不得不逐步往內埕方向退去，大幅度拉開了與喜房的距離。

也幸好這四合院夠大，否則眾人打一打還可能會撞一起，讓彼此的戰鬥受到牽制。即使被逼往內埕，白大人顯然也沒把和小鬼混戰在一起的神使們放在眼中，更沒打算要介入他們的戰鬥。

它的目的很簡單，就是突破柯維安的攔阻，重新回到喜房前，那裡面有它要接走的目標。

這倒是讓抽不出身的一刻幾人鬆了口氣。

嚴格來說，小鬼實力不強。

不過它們難纏、動作快，簡直比滑溜的魚還要棘手。每每剛要觸碰到，卻快一步一閃而過，但轉眼又緊緊纏上，彷彿撕也撕不掉的牛皮糖。

一刻的攻擊方式本就屬大開大闔的剛猛，碰上這種敵人，讓他一時無法佔上優勢。眼看自己的白針難以發揮全力，一刻彈了下舌尖，毫不猶豫地採取另一種手段。

如劍長的白針霎時散成光點消隱，取而代之的是左手無名指上的神紋亮起熾芒。

繁複的圖紋瞬間猶如植物枝蔓伸展，從無名指擴散到手背上，繼而包覆了他的整個拳頭。

假如柯維安目擊此景，一定會像受驚的小動物般瞪圓他大大的眼睛，不敢置信地指著一刻的左手嚷：小白你也太大了吧！居然還可以變大變小的嗎！

神紋面積大小是神力多寡的證明，一刻如今展現的力量，壓根就不是普通神使能夠擁有的。

身爲半人半神混血的白髮少年扯動嘴角，眼底盡是猛獰，在小鬼的黑氣纏上自己的前一秒，他捏緊拳頭，迅若疾雷地朝對方狠狠揍出一拳。

那一記拳頭快狠準，拳風撕裂空氣，隱隱帶出尖鳴，直接擊中了小鬼幽黑的臉部，並且勢如破竹地穿透。

一刻大概也沒料到自己一拳能打穿敵人的腦袋，但愣怔只是一瞬，確定敵人倒下，他即刻加入了另一邊的戰局，分擔秋冬語的壓力。

「感謝……」秋冬語似乎不管什麼時候，說話都是輕飄飄的，像風吹就會散去。但她的出手和病弱的外表截然不同，紫傘在她手中就像擁有生命，時而蟄伏，時而如露出獠牙的凶獸。

身爲唯一的普通人，小范躲在一刻和秋冬語架出的保護網中，不時還舉高手機，戳弄螢幕。

「你他媽的到底在幹嘛！」一刻往後退，及時將沒注意周邊戰況的小范撞開，讓對方免受小鬼的煙氣纏繞。

「在找訊號……說錯了，是在替你們捕捉好鏡頭才對。」小范咧開一口白牙。

「捕你媽啊！」一刻只覺拳頭更硬了，要不是分不出多餘心力，他只想一掌搧上對方後腦，「給老子顧好自己，別扯後腿！」

「知道啦……」小范拉長尾音，縮著肩膀，卻沒有半點將手機放下的模樣。

如果有人能看到他的手機螢幕，就會驚覺他說的和做的完全是不同的兩碼事。他嘴上說在拍照，實際上卻是在發送訊息。

少年手指飛快地戳按螢幕上的鍵盤，短句不停地往外發送，給予只有他自己才清楚的另一端收件人。

一刻沒空理會小范的小動作，他發現那個被自己打破腦袋的小鬼居然重新爬起，來勢洶洶地朝著他們這方撲了過來。

很顯然，頭部並不是小鬼的致命弱點。

「操！打腦袋竟然沒用？」一刻揮出的拳頭這次對準小鬼的胸口，只不過後者的身軀卻在剎那間化成黑煙散開，讓覆著神紋的拳頭只能打到空氣。

一刻眉毛一挑，對方這次刻意躲避的動作，反而更像此地無銀三百兩。

「蘇染、蘇冉，攻擊它們的胸口試試！」一刻拉高音量。

「嗯。」蘇染給出簡潔的回應，她身手靈敏，進退間如蝴蝶飛舞，長刀在她手中靈活翻轉，輕巧和凌厲隨時切換。

她與蘇冉聯手，雙生子的默契讓他們不用言語就能明白對方的想法，一來一往有如流暢的舞蹈。

烙著赤紋的長刀宛若舞動的流火，起伏旋轉間帶出了赤色殘影。

只須對視一眼，蘇家姊弟就能掌握彼此心思，他們猛地一矮身，避開小鬼的糾纏，旋即迅雷不及掩耳地揮刀而出。

銳利刀鋒由上而下地斜斜劈砍，毫無停滯地將小鬼的身體直接斜劈成了兩半。

小鬼倒地，通體透黑的身軀彷彿不經摔的瓷器，在地面碎成了四分五裂。

而一刻那方也成功地刺穿敵人的胸膛，親眼目睹對方經歷了同樣下場。

但現實卻沒給他們喘氣的時間。

「欸欸，事情好像不太對啊！」小范從秋冬語傘後冒出頭，手指指著地面，「你們快看！」

眾人反射性低頭下望，映入眼中的畫面是他們未曾想像到的。

「恁娘咧！」一刻咒罵一聲。

以爲即將消散的黑氣赫然重新聚集，像有隻無形大手幫它們重新揑塑出新的形體。

第九章

人形輪廓很快就在眾人眼下呈現。

與此同時，一絲絲黑氣從旁飄來，轉眼間注入漸漸成形的小鬼體內。它們就像是在補強小鬼的身軀，讓它復原得更快。

蘇染最先注意到黑氣的來源，赫然是來自白大人手上的那盞白燈籠。

細得像絲的黑氣從白燈籠內鑽出，極易讓人忽略。

「一刻，燈籠！」蘇染馬上給出提醒，讓眾人的視線瞬間全挪移至白大人手邊。

「想辦法先毀了那個燈籠！」一刻蹬地一竄，像條疾速的閃電往白大人衝去。

可惜他們的速度還是不夠快。

四個小鬼已完全恢復，飛快與幾人纏鬥起來，分散他們的戰力，讓他們無法全部攻向白大人。

更不用說白大人動作奇詭難辨，瘦長的身子像條大白蛇，上一秒以爲要向前，下一秒卻以奇異的角度繞了一個彎，屢屢讓一刻和蘇染的攻擊落空。

這期間，不知從何而來的鎖鍊曳地聲加劇，匡啷匡啷作響，一再震動著神使們的耳膜。可當他們想追尋聲源，卻又毫無發現。

「小白，幫我牽制三分鐘！」柯維安瞥見先前胡亂滴落下的墨漬，頓時計上心頭。

「超過一分鐘老子就揍你！」

「別揍我的臉就好，我靠美貌吃飯的啊！」

一刻簡直要被柯維安自戀過頭的發言弄吐了，要不是忙著圍堵白大人，他只想回敬對方一記中指。

柯維安瞄見自己撇在護龍門窗上的金墨已褪去大半，再過不久就會完全消隱，解除對那些房間的保護。

雖說喜房那的防護措施做得較爲嚴密，可以撐得比這邊再稍微久一點，但他們最好還是速戰速決。

最主要的是，柯維安也不認爲自己有辦法支撐太久，他的體力眞的快透支了。就算成爲了神使，他的身體能力也沒有一躍千里，頂多是短期爆發力強了點。

現在他覺得自己快爆發不下去，要後繼無力了。

想到這裡，柯維安提起十二萬分的精神，拚命加快腳下速度，手裡的毛筆則像是小孩在嬉鬧一樣，東畫一筆、西畫一筆。

不到一會，寬闊的四合院內埕處處布滿潦草的筆畫。

而一刻和蘇染也正竭盡全力將白大人圍逼得死死的，不讓對方有接近喜房的機會。

只是白大人的棘手程度和小鬼相比，遠遠高了不只一個層次。

一刻二人最多只能拖住它的行動，卻遲遲無法對它造成致命傷害。

眼看時間一分一秒過去，就在白大人又一次張大嘴，準備像條暴食的白蛇將障礙物一舉吞沒之際，柯維安的呼喊及時傳來。

「小白、蘇染，快退開！」柯維安拖著毛筆，行雲流水地摁下了最後一筆，「一筆蓮華——」

一刻和蘇染不假思索地放棄對白大人的掣肘，雙雙往後退避。

「華光綻！」

在柯維安拔高的喊聲中，地面金光暴起，像是一把橫衝直撞的大刀直逼向白大人正前方。

白大人的身子以不可思議的角度扭轉，竟以些微的距離避開了柯維安的攻擊。

面對金光攻擊落空，柯維安的笑容未褪，反倒咧得更大，「是乘以二的版本喔！」

話聲甫落下，白大人便直覺背後有危機到來。

可惜這一次，它來不及閃開了。

誰也沒想到那遍地的鬼畫符只是柯維安故意設下的障眼法，實際上把至關重要的兩串金字都藏在了裡面。

第一道是聲東擊西。

第二道，才是眞正的要人命。

當然，柯維安要的不是白大人的命。他有種直覺，就算金光劈到白大人身上，只怕對扭轉局勢也沒有太大助益。

他說不上緣由，但一向非常相信自己男子漢的直覺。

所以耀眼奪目的金光不是直掃向白大人的身軀，而是砍向了它手裡提著的白燈籠。

白燈籠被劈成兩半，帶著「林」字的那半落了地。

翻倒的燭火迅速燒起，火舌舔舐過雪白的紙面，也把上頭的林字燒成了灰燼。

奇異的事發生了。

當白燈籠上的「林」字被燒燬，白大人和小鬼們的身影竟像暈開的水墨，最後淡得連點痕跡都沒有留下……

柯維安一屁股跌坐在地，緊握著毛筆大口大口地呼吸著，激烈起伏的胸膛一時半會間好似都平復不下來。

柯維安看看護龍門窗上消隱的金墨，都想稱讚自己太厲害了，時間抓得剛剛好。

似乎是察覺外頭忽然沒了聲響，一扇窗戶打開一條縫隙，正好目擊白大人消失的那一瞬。

躲在房裡的傭人張大嘴、揉揉眼，確認自己真的不是眼花看錯後，登時歡天喜地地打開門跑出。

「被消滅了！白大人被消滅了！白大人眞的不見了！」

聽見他激動的叫喊，有更多人開窗或開門查探究竟，就連王管家也跑出來了。

王管家東張西望一陣，目光落到前方門廳的烏木門，立刻對最先跑出來的那人下達命令，「快去看看前庭的狀況！」

那傭人三步併作兩步越過即將燃燒殆盡的燈籠殘骸，火光照亮了他的雙腳，也照亮了地面。

這再尋常不過的畫面，卻不知爲何突地吸引住蘇染的目光。

蘇染往快要燒完的燈籠殘骸走去，橘紅火焰像在進行最後的肆虐，在空中張牙舞爪地飛揚。

火光將蘇染腳下的影子映襯得越發闃黑。

蘇染像被自己的影子吸引住，怔怔盯了數秒，接著看向一刻腳下，隨後又猛然扭頭望向那個方才跑過去的幫傭。

「蘇染？」一刻眼露疑惑。

「影子……」蘇染輕聲地說。

一刻沒有聽清楚，很快又被那個跑到門廳的幫傭製造的動靜拉開了注意力。

那人拉開門閂，用力打開烏木門，前庭景象登時一覽無遺。

紅色大圓桌上一片狼藉，但那些小鬼的身影確實消逸無蹤，只看到艷紅似血的罌粟花海冉冉搖曳。

白大人和小鬼的消逝，讓四合院內的氣氛一下從頹靡變得熱鬧無比。

那些躲在房內的傭人爭先恐後地跑出來報喜，慶幸著一場災難過去。

「我們不是打倒邪祟，完成通關條件了……」柯維安坐在地板上喘著氣，連續兩個關卡的高密度勞動讓他體力終於告罄，「那個罌粟花妖不是也該現身了？」

「蘇冉，有聽到什麼嗎？」一刻轉頭問著黑髮藍眼的少年。

「什麼也沒有。」蘇冉給出回答。

一刻直覺有地方不對勁，假如他們真的達成通關條件，場景應該會立即發生變化，就像上一個關卡那樣。

但他們依然待在四合院裡。

正廳的大門跟著打開，聽見人聲的林伯和林姨互相攙扶著走出來，當他們看清院內景象，臉上的表情是又驚又喜。

他們趕緊又看向喜房方向，夏墨河已將白線收了起來，喜房如今只剩下門窗上的金墨還未褪去。

「啊啊……」林姨熱淚盈眶，眼中全是感激之意，「眞的……眞的太感謝你們了，你們眞是我們的救星……可以拜託你們把我女兒帶出來嗎？她一個人待在房間裡，一定是害怕極了。」

夏墨河沒有拒絕這個要求，這在他看來不過是舉手之勞的事。但沒等他有動作，一道清冷女聲快一步地攔截了。

「不可以。」

出聲的是蘇染，她飛快探出長刀，刀尖挑起地面殘餘的一簇火苗，手腕再一動，火苗就被彈射到掛在屋簷下的紅燈籠上，轉眼火勢就變大了。

烈火焚燒的速度相當快，一下就將成串的紅燈籠都包覆在火焰之下。

「蘇染？」對方突來的舉動讓一刻錯愕萬分。

「看影子。」蘇染的刀尖指向了離火焰最近的王管家和兩名傭人。

一刻等人下意識望了過去，熊熊焰光將院內一角映照得明亮，也映出一個讓人驚悚的事實。

無論是王管家或另外兩個傭人，他們的身下……都沒有影子。

「怎……怎麼會？」柯維安驚得再也坐不住，「他們爲什麼沒有影子！」

察覺到情況有異，夏墨河果斷遠離喜房，迅速與一刻幾人聚集一起。

蘇染朝自己弟弟遞了一記神色，後者會意，手裡長刀霍地揮出，燃燒中的紅燈籠被一分爲二。

墜落的那一截還沒沾地，又被長刀俐落地一挑、一送，登時落到了林伯、林姨身前的地面上。

——同樣也照不出他們的影子。

「這裡一直是陰天，陰天下影子會非常淡，幾乎看不見，我們自然難以察覺到不對勁。」蘇染將刀尖抵在地面，慢慢拉動著，拉出一條泛白的刀痕，「所以他們不開燈，掛了燈籠也不點亮，直到白大人的那盞燈籠給了我提示。」

不知不覺中，站立在內埕或廊下的人們都直立不動，雙眼無神，臉上更是沒有表情，恍如一尊尊被抽離意志的人偶。

這下子，就算是再怎麼遲鈍的人，也能看得出四合院的人大有問題。

就在這時，嬌細的女性嗓音從喜房的門板後飄出。

「可以幫我打開門嗎？我想出來了。」

聲音還是新娘子的聲音沒錯，可聽在一刻他們耳中，卻讓他們心裡不由自主地掀起一陣猛烈的波瀾。

房間門鎖明明就在房內，既然如此……爲什麼還須要有人從外面幫忙打開？

「我的墨水……」柯維安乾巴巴地擠出聲，「不會把人困住的。我是說，不會把人類……你們懂我的意思吧。」

「一刻同學，我們似乎忽視了一個盲點。」夏墨河拉緊了不知何時纏在指間的白線，眸色凜凜，「林伯他們說白大人要來搶親，要我們救救他們的女兒，還要我們打倒邪崇……」

「但是從頭到尾，」蘇染平淡地把話接了下去，「他們只說倒打邪崇，卻沒有直接說要打倒白大人。」

電光石火間，一個恐怖的猜想躍上眾人心頭。

沒有影子的屋主和傭人。

被金墨擋住而出不了房門的新娘。

邪祟指的究竟是……誰？

「你們不幫我開嗎？但是呀……」新娘子的嬌笑聲像是被放大，清晰地進入每一個人的耳中，「門不開的話，你們怎麼跟我見面呢？你們不是一直在等著見我嗎？」

門上的金墨越褪越淡，當它們完全消隱，閉緊的門扇由內「唰」地打開。身穿艷紅喜服的新娘子就站在門後面，紅蓋頭遮住她的臉，看不見她此刻的表情。

在不知對方意圖的情況下，神使們沒有貿然攻擊，但也沒有放鬆防備。

神紋一一在他們身上亮起，手中的利器也一致對著新娘。

新娘子一踏出房門，那些垂掛在屋簷下的紅燈籠猝然全數被點亮，也逐一照亮了其餘人的身下。

那些幫傭果然都沒有影子。

「真是的，在我的設想中，你們應該陷入無止盡的戰鬥。你們會攻擊錯誤的目標，委託不會成功，只能一再地重來，最後耗竭全部的力氣也沒辦法離開這個地方。偏偏你們破壞了我的計畫……」新娘子緩緩前進，焰光也落在她的身上，和四合院的人們不同，她的雙腳下是有影子的。

然而那漆黑的影子卻不停地向外延伸，拉展出怪異扭曲的形狀，乍看下像無數枝條交纏蠕動。

「你們爲什麼就不肯乖乖地依照我的計畫行事呢？」覆在新娘子臉上的紅蓋頭驟然被陰風吹落，露出一張雪白妖媚的面孔。

她嘴唇殷紅，眼角也染著一抹淡淡的紅，就連身上的旗袍也幻化爲一襲紅得似血的曳地長裙。

隨著她緩緩走動，跟著起伏的裙襬像是隨時會滲淌出黏稠的紅血。

柯維安不會認錯那張臉，那正是讓他和秋冬語一路從繁星市追至潭雅市，再前來銀河方舟度假村的主因。

花罌粟！

那個專吃妖怪，還意圖染指神使血肉的罌粟花妖！

眼前分明是不曾見過的面容，但不知怎地，一刻心頭卻掠過一抹似曾相識。

就好像……自己曾在哪裡見過似的。

但這不可能，他今天才從柯維安口中得知這個罌粟花妖的存在。

「躲好……」秋冬語和小范調換位置，由她擋在對方身前，打開的洋傘像是盾牌，將兩人都護住。

「慘了，小白……」柯維安絕望地揪住一刻的衣角，「我現在真的沒力氣了，我等下完全當不了戰力啊……」

「反正也沒冀望過你，自己找地方蹲好，要是蠢到讓自己受傷……」一刻不客氣拍開那隻手，嘴上不留情，但柯維安還是能聽出藏在其中的關切，「那就等著事後再被老子扁一頓吧。」

「太過分啦！」柯維安可憐兮兮地嚷，臉上卻是藏不住的笑容。

花罌粟纖指一抬，無風也無人碰觸的狀況下，烏木門猛然重重關上，將四合院變成一個封閉的牢籠。

待在內埕上的幾名年輕人就是被關在其中的籠中鳥。

「只能對你們的記憶動些手腳真的太可惜了。」花罌粟舔舔嘴角，一顰一笑皆帶著蠱惑人心的嬌媚風情，「不然我眞想試試把你們腦袋都攪得亂七八糟的滋味，那一定很有趣。」

「妳什麼意思？」一刻凜然，「妳對我們的記憶做了什麼！」

「想知道嗎？等你們全部成爲我體內的一部分，我再好好告訴你們。現在你們要做的就是，跪下，等著被我一一吃下肚。」妖異的紅紋霍地從花罌粟皮膚底下浮現，蔓延至她的臉上，開出了罌粟花的圖案。

那些像被定格住的人們也在這一刻有了行動。

不管是幫傭或林伯、林姨，他們的外貌突然出現偌大轉變。他們的身軀像被抽去了大部分水分，皮膚頓時變得乾癟，顏色也被灰褐色取代，彷彿成爲一層乾枯的樹皮。

不只如此，他們的腳下竟還延伸出大量細細的植物莖蔓，數也數不清的細枝縱橫交錯，如同要在內埕的地面上鋪成一張大網。

而站在上頭的一刻等人，就是要被網羅的獵物。

一刻他們自然不會甘願受縛，只憑幾個眼神交換，他們立即有默契地迅速出擊。

柯維安自知這回當不上戰力，早就找了一個角落藏身，當然也沒忘記在自己周圍用毛筆畫了一個金圈。

「小語，把小范丟過來我這！」筆尖一離地，柯維安馬上對秋冬語喊道。

他的本意是讓小范和自己一塊躲在保護圈內，可沒想到秋冬語是徹底照著他字面上的意思執行。

橘劉海少年被細弱手腕一把拎離地面，下一刹那就是粗暴地向柯維安砸了過來。

柯維安被迫充當一回人肉墊子，他被小范壓在底下，差點一口氣緩不過來，像隻被壓扁的青蛙，只能虛弱地吐著氣。

「沒被壓死吧？我很輕的，壓壞當然也不會賠囉。」小范拍拍柯維安的屁股，總算大發慈悲地挪動一下身子，沒繼續坐在對方背上。

「要死了……」柯維安有氣無力地呻吟，沒想到一時的好意險些讓自己上天堂。

小范看起來瘦歸瘦，體重意外驚人，他差點以爲天降巨石，砸得他要咳出一口血。

「線之式之一，封纏！」夏墨河負責拖住那些傭人，白線如雪白煙花噴發，緊接著就像注入生命，狡猾靈活地在傭人之間遊走，一晃眼已層層纏繞住他們的手腳。

夏墨河手指快速翻掀，纖白的手指如花開綻。在他的操縱下，白線捆住了一個個敵人，隨後他再使力一扯，白線收緊，驚人的力道將分散的好幾人頓時全捆到一塊。

不用再顧及小范的安危，秋冬語就像擺脫了限制。淡紫色的蕾絲洋傘如臂使指，時而收攏時而張開，加上柯維安先前塗畫在傘面上的金墨，殺傷力更是加乘，在敵人間捲起一陣紫金色風暴。

有夏墨河和秋冬語聯手絆住傭人們的腳步，一刻、蘇染、蘇冉更無後顧之憂，他們目標明確，直指操控這一切的花罌粟。

眼看三名神使圍住自己，花罌粟神色未變，嘴角噙掛的笑意反倒越來越深。

一刻直覺不對，但衝出的身勢已經煞不住，白針更是劈斬出驚人的月牙弧光，直奔花罌粟而去。

蘇家姊弟的長刀似翻騰烈焰，刀風凜凜，刀光凶猛地撕裂空氣，發出尖利的鳴嘯，只要再一秒，就能觸及花罌粟的身體。

說時遲、那時快，花罌粟曼妙的身軀化成眾多殷紅花瓣，在空中紛紛落下。

再出現時，是在屋頂上。

披裹一身艷麗紅裙的女人舉高雙手，她的身後赫然浮冒出巨大的虛影，那五官、那外形，無疑就是另一個她。

只不過是轉瞬間，虛影就已將四合院包攏在她的臂彎底下，天空被她遮蔽，巨大的陰影籠罩下來。

曾經讓人覺得寬廣的四合院，如今好比她手中的一個玩具，而院裡的人們則是隨她擺弄的小小玩偶。

「我操！」一刻不得不仰高頭，否則難以看見那道虛影的全貌。

「這算什麼？特攝片的大怪物嗎？也太扯了吧……」柯維安只覺脖子都快仰痠了。

花罌粟雙手一動，虛影的雙臂也跟著挪動。凡是虛影手指拂過之處，那些本來在進行攻擊的傭人驀然僵停，彷彿被剪掉引線的木偶。

可就在下一瞬，他們的外表忽地剝落，沒了衣物和人皮的遮掩，構成他們軀體的竟是一條條灰褐細枝。

在虛影的操引下，所有交纏出人形的細枝霍然鬆開，原本捆纏在上的白線自然也失去了束縛力。

那些細枝就像狂舞的毒蛇，迅雷不及掩耳地貼著地面，繞上了所有人的雙腳，即使是躲藏在金圈的柯維安和小范也難逃一劫。

柯維安千算萬算，就是沒想到對方會頂開紅磚，鑽入地下，再一口氣將鋪設在上層的磚塊都掀撞開。

本來完美包覆成圓的金圈立刻遭到破壞，連帶也失去了保護效力。

「不是吧！還能這樣!?」柯維安失聲大叫。

但那些灰褐細枝可不會在意柯維安的意見，它們飛快捲住他和小范的雙腳，粗暴地將人往中央地帶拽去，讓神使們集中在一起。

「我說過了，你們該跪下了。」花罌粟愉快地俯視著下方的神使，像在看著生死全掌握在她手中的渺小螻蟻。

那些像是植物莖幹的細枝只纏住了一刻幾人的雙腳，而不是遍及全身，就好像一點也不怕他們掙脫。

一刻抓緊白針，當機立斷地就想往猶如萬蛇鑽湧的細枝劈下，可手臂剛要施力，身上猛然落下千斤重的重量。

「該死！這是怎麼回事？」一刻變了臉色。

不只是他，其他人也發覺到自身異狀。他們的身上什麼都沒有，卻彷彿有看不見的無形枷鎖牢牢束縛手腳。

沉沉的壓力加諸在他們身上，讓他們難以動彈，甚至背脊和雙膝被迫彎曲。

屬於他們的神力在流失。

無論他們如何抗拒，體力和力量就像被扭開的水龍頭，不停地向外溢滲。

「哈哈哈！」花罌粟大笑，眉眼妖嬈又冷酷，嘴唇豔麗如同塗抹了鮮血，「你們太晚發現了，你們以為我只是讓你們玩了兩場簡單的遊戲嗎？那些只是要蒙蔽你們的眼，消磨你們的意志力！」

「看啊……」花罌粟柔聲呢喃，嗓音像浸過酒與蜜，拂過耳畔，讓人意識不知不覺開始渙散，「你們早就被我纏住了，你們無法掙脫，只能乖乖地成為我的養分。」

隨著花罌粟細語飄盪，幾名年輕人的四肢、身軀平空出現了細韌綿長的枝蔓，末端長出赤紅的罌粟花苞，它們細密地用力勒纏，無法擺脫。

柯維安是最快脫力的一個，他腦袋垂下，像全然沒了聲息，假如不是枝蔓托住他的身體，只怕他整個人早就往前傾倒。

誰也沒注意到他包包內的筆電呈半掀開狀態，泛著冷光的螢幕中央滲出金液，無聲無息地流淌至掀起的磚塊底下。

「我操你媽的！」一刻擠出忿忿的咒罵，就算力氣不斷流逝，他的那雙眼睛還是亮得像磨淬過的劍刃，好似要深深插進敵人體內。

他攥緊拳頭，手背青筋一路迸起直至上臂處，他試著用盡力氣想掙斷花莖，然而一切只是徒勞無功。

左手背上的神紋甚至出現消散跡象，那些繁複的紋路如潮水退去。

罌粟花慢慢地伸展開柔軟的花瓣，當它綻放越多花瓣，一刻等人的意識也就越發離他們遠去……

第十章

繼續往前。

再直走。

左轉，左轉，左轉。

往上。

手機裡急促地跳出一連串訊息，每一次的提示音都像催命鈴聲，讓尤里心頭一顫，手裡滲冒冷汗。

他緊緊抓住花千穗的手，加快腳下步伐，奮力往越來越偏僻的森林路徑前進。

那些神祕訊息是在他和花千穗尋找失蹤的一刻等人時，無預警傳到他的手機裡。

發件人姓名未知，顯示出的是一串亂碼。

換作平常，這種來路不明的簡訊尤里只會直接刪除。

但當他鬼使神差地點開訊息一看，一顆心差點提到嗓子眼，震驚立刻躍上眼中。

訊息只有一句話：嗨，小神使，想找其他小神使們，就跟我指令走。

對方知道他的意圖，甚至還知道他們的身分！

這人究竟是敵是友，傳來這訊息又是為了什麼？太多謎團散布在尤里眼前，可只要想到一刻等人至今仍是行蹤不明，他毅然決然地賭了一把。

就跟著這人的指令走。

尤里和花千穗依照簡訊指示，來到了度假村的森林區深處。

相較於其他區域，森林區遊客人數較為稀少。

而照著訊息前進的尤里和花千穗沒多久就走出了規劃好的森林步道，來到杳無人煙的地帶。

腳下路面變成泥土地，不再是人工鋪設的柏油，路況看起來崎嶇顛簸，但尤里臉上卻是忍不住亮起興奮的光采。

路面上留下兩道深深的輪胎印子，顯示曾經有車輛從這開過。

「小千，往這走……」尤里大口大口地喘著氣。即使蒼翠密林擋住了大部分灼熱日光，不至於令人燠熱難耐，但這一路往上走的坡道讓他耗費了不少體力，兩條腿都有些不像是自己的了，「妳還好嗎？」

「嗯，我還可以。」花千穗白皙的臉頰因活動染上薄紅，額頭分布著細密汗珠，可她依然緊緊握著尤里的手，眼中是堅毅的光芒，「你先喝些水，然後我們快點走吧。」

「對，得快點……一刻大哥他們一定碰到危險了。」尤里接過水，一連喝了好幾大口，他抹去嘴邊沾到的水漬，重新提振起精神。

尤里和花千穗不敢耽擱太久，他們依照著手機另一端的神祕人士給出的線索，終於找到了下落不明的一刻幾人。

或者說，是先找到了一刻他們乘坐的那輛遊園車。

粉色小巴被遺置在森林幽深之處的荒涼地帶，上頭鋪滿大量重重疊疊的罌粟花。盛開的花朵沿著金屬外皮流淌而下，猶如一道壯觀的赤艷花瀑。

「小千妳站遠一點。」尤里鬆開花千穗的手，謹慎地慢慢靠近。

走近了才發覺遊園車不僅被眾多罌粟花覆蓋，整個車體還被縱橫交錯的莖幹捆繞，一圈又一圈，綁得嚴嚴實實，整台車好像落入陷阱的獵物一樣。

擋風玻璃和車窗都被碗大的花朵遮覆，無法瞧清車內景象，好在車門上的那片玻璃窗還有足夠的空隙可以窺看。

尤里趴在車門前往內看，裡頭大約十幾人似乎都陷入了昏迷，包括一刻他們在內。所有人都靠坐在椅子上，雙眼緊閉，沒有一絲動靜。

尤里震驚地發現就連車內都有罌粟花纏繞，細長的莖枝宛如繩索，只落在一刻、蘇染、蘇冉、夏墨河，還有兩名在火車上見過的年輕人身上。

那些植物的細莖此刻正一鼓一鼓地收縮著，像是活動的血管，雖然動作緩慢，卻讓尤里心生不祥的預感。

得快點救大家出來才行！

尤里心急如焚，恨不得能趕緊破除所有植物的束縛。

就在這一秒，他的手機再度傳來神祕人士的訊息，簡潔有力的四個字深深烙印入尤里眼內。

——剪斷它們！

尤里深吸一口氣，總是給人憨厚印象的面龐上閃過堅毅。他攤開掌心，天藍色的神紋浮現，緊接著一把鐵色大剪刀被他用力抓在手裡。

尤里屏氣凝神，本來只有手臂長的剪刀登時壯大一倍有餘，他手持利剪，飛快地先破壞車門的植物屏障。

鐵色冷光閃劃，鋒利的刀刃張到最大又猛然收合。

剪斷花根。

剪斷花莖。

剪斷花朵。

剪斷所有……阻擋的一切！

□

巨型的女人虛影依舊徘徊在四合院上方，頂端的灰重雲層彷彿永遠不會散開，這個世界一直被陰暗覆蓋。

四合院內，數量驚人的灰褐細枝佔據所有地面，七名年輕人被纏捆住手腳軀幹，半跪在地，彷彿是將要被獻祭的獵物。

望著底下再無反抗之力的眾人，花罌粟對眼下局面相當滿意。她愉快地從屋頂上輕巧落下，雙腳踏在地面上沒有發出丁點聲響。

這是她的世界，她是掌控這一切的女王，誰也別想違逆她的意志。

花罌粟的目光彷如化成實質的毒蛇，一一舔舐過被剝奪自由的幾名年輕人，唯獨跳過了最旁邊的橘劉海少年。

在她眼中，那人就像是不起眼的路邊石頭，毫無價值到無法引起她的注意力。

花罌粟來到了柯維安面前。

有著一張稚嫩娃娃臉的男孩子似乎全然失去意識，不像他的同伴們，或多或少還有一點反應。

花罌粟捏住他的下巴，粗魯地將他的臉向上扳起，尖利指甲在上頭留下細細血痕。

但柯維安還是沒有任何反應，似乎真的昏厥過去。

花罌粟沒有忘記這張臉，就是這個神使故意讓自己當餌，引誘她上勾。假如不是她反應夠快，恐怕早就變成這群神使的砧上之肉，任人宰割了。

「呵……」花罌粟喉中逸出了輕笑，眼裡是掩不住的貪婪欲望，她太想快點把他們都吃下肚了。

可惜，在這裡沒辦法眞正地享受到他們的血與肉，他們的肉體並不在此處。不過能先吞掉他們的意識與心靈，也不枉費她花了那麼一番工夫。

先從第一層開始吃，然後是第二層，最後再回到現實世界，吃掉他們的軀體。想到不久之後就能嘗到的無上美味，花罌粟身子不禁竄過興奮的戰慄。

她鬆開捏著柯維安下巴的手指，決定把他留到最後。畢竟他可是害自己差點栽了跟頭的最大原凶，不好好蹂躪一番，難以平復積壓在心裡的怒氣。

她慢悠悠地走過蘇染、蘇冉和夏墨河面前，途中彎腰輕嗅了下他們身上散發的香甜味道，那是奶油蜂蜜味及果香。

秋冬語被她跳過了，那寡淡無味的氣息說明了這名黑髮少女壓根不是神使的事實。即使對方曾否認，但花罌粟還是認爲她是狩妖士。

狩妖士可是難吃得要命，花罌粟一點也不想將她放在菜單上。

花罌粟走動的時候，渾然未覺在鋪著灰褐植物細莖的地板下、先前被翻掀得凌亂的磚塊底，也有什麼在跟著流動著。

默默流淌的金豔色彩靜悄悄地沿著縫隙前進，像條最敏捷無聲的蛇飛快遊移，快得甚至超過了花罌粟的步伐，來到了白髮少年身下。

一刻被花莖綁住的手臂下垂，蜷縮的手指更是被花葉蓋住。

花罌粟未曾發覺到，一抹金黃在她眼皮底下神不知、鬼不覺地攀上一刻垂落的左手指尖，在上面繪製出繁複的花紋，像是金色的植物在他皮膚上伸綻，彷彿是從無名指上的橘紋延伸出來。

一刻眼睫顫動，當他眼中恢復清明，同時也感覺到一股灼熱能量覆在他的手背上。就算不用眼睛看，他也能在腦中勾勒出那情景。

面對一群逃不出自己手掌心的神使們，花罌粟是眞正地鬆懈下來，所以她沒想到其中還有人有反抗的餘力。

說時遲、那時快，以爲早已無力的白髮少年霍然暴起，他的左手有蜿蜒金光閃耀，撲出的身勢像是出柙的猛獸，捏緊的拳頭快若奔雷，轉瞬映入花罌粟震驚大張的眼底。

「上啊，小白——」全程裝昏的柯維安緊跟著抬頭，爲一刻搖旗吶喊。

比起攻擊其他部位，一刻這一拳直接鎖定了花罌粟那張千嬌百媚的臉。

在他的認知裡，只要是敵人，那就沒有男女之別了。不管那張臉再如何好看，他的拳頭也沒有收回半分力氣，而是結結實實地落至花罌粟臉上。

花罌粟慘叫一聲，猛烈的疼痛在她臉部炸開，疼得她連眼睛也睜不開，更不用說做出任何反應了。

她被揍得倒飛出去，纖細的身軀狼狽地摔墜在地，卻沒有辦法第一時間爬起身。直擊臉部的發光神紋帶給她噬骨鑽心般的疼痛，她趴伏在地，渾身微微抽搐。

在神紋和金墨加乘的威力下，那些捆著一刻的植物早就自動退避，一刻抓緊花罌粟還沒爬起的機會，身形如離弦之箭，剎那間就飛躍到花罌粟跟前。

他舉高手，如劍長的白針重新出現在他掌中。

一刻眼神凌厲，手裡緊握的白針沒有絲毫遲疑，這一次，對著花罌粟猛力貫穿——

花罌粟瞪大眼，尖叫聲響徹雲霄。

她的巨型虛影也在尖叫，像要撼動這方灰暗天地。

但一刻很快就察覺事情不對勁，被白針貫穿的花罌粟慢慢變得透明，可四合院內外的所有景物依然毫無變化。

包括遍地生長的罌粟花，包括圈抱住四合院的那道巨大虛影。

「爲什麼它們沒消失？」柯維安難以置信地嚷，「花罌粟不是死了嗎？」

這句話一刻也想問，他沒問出口的原因是，答案只可能是那一個。

——他擊倒的不是眞正的花罌粟本體。

「你們……該死！都該去死啊——」將四合院圈抱在懷中的虛影發出了憤怒至極的咆哮，它挪動雙臂，就像雷霆之鎚朝著下方用力砸下。

一刻臉色大變，顧不得思考如何才能徹底鏟除花罌粟，他飛速旋身，手裡白針飛也似地對著仍被纏綁的眾人揮掃過去。

白針帶出的利光像一彎銀月，以精準的角度和力道，切割上那些繁密的植物枝蔓。

「快躲開！」一刻的一顆心像要吊高至嗓子眼。

掙開箝制的眾人立刻飛身閃避，但虛影攥緊的拳頭已經到來，罩下的陰影覆蓋在他們的頭頂。

「線之式之八，蛛網！」夏墨河榨出所剩不多的神力，手腕神紋晃出微弱的青金色光芒。

白線從他指尖疾射出來，千絲萬縷，瞬息之間編織成網，險之又險地攔截在眾人與拳頭之間。

虛影的巨力全數落在白網之上。

夏墨河臉色煞白，嘴角邊溢出一縷殷紅血液，雙腳更是被逼得往後滑退。

秋冬語眼疾手快地擋在了夏墨河身後，成爲他屹立穩定的支柱——只不過她發白的嘴唇和額角冒出的豆大汗珠，無一不在說明她也即將到達極限的事實。

就在這時，四合院起了異變。

地面在顫抖，地底深處好似傳出呻吟般的轟鳴。

林立周遭的建築物像被重力擠壓，粗大的裂縫從屋頂迸綻至牆面，似乎有雙無形巨掌在推擠著它們，將它們往中間壓縮。

「不是吧！」柯維安留意到內埕的空間在縮小，那些紅磚建物正在往他們站立之處靠攏。

上方有遮天的虛影攔擋，下方又面臨了將被壓扁的危機，他們儼然無處可逃。

虛影見到一擊失敗，又再次舉高了雙手，捏緊的拳頭很快就要再往下搥打——

夏墨河的蛛網已經搖搖欲墜，甚至出現了潰散的跡象，邊緣的絲線開始脫落。

「一刻，上面！」蘇染驀然拉高音量。

力量流失讓她無法成爲一刻的戰力，但她可以看，用她與生俱來的天賦觀看。

這一看，就讓蘇染發現了異樣之處。

「就在那個巨大影子的額心中央！」

幾乎對方話聲剛落，橫亙在敵我之間的白網即刻散逸，爲一刻闢出一片能充分發揮的空間。

一刻從不懷疑蘇染的判斷，他緊握白針，指關節使勁至泛白，青藍的血管清晰地浮迸，手臂肌肉賁起，將全身的力量壓縮在這一擊。

虛影的巨拳同時也已經揮下，不祥的陰影離底下眾人越來越近。

瞬間，皓白長針猶如鏢槍般被甩擲出去，如同長虹貫日，以驚人的高速貫穿了虛影的額頭中心處。

巨大的女人身影霎時潰散。

四合院底下的地鳴戛然而止，就連建築物上的裂縫也不再擴散。

所有人都看見一道紅艷身影從高空摔落下來，像是一隻瀕死的赤鳥重摔在護龍的屋頂上。

紅裙垂曳，彷彿流淌的鮮血。

花罌粟艱困地撐起身子，嘴角不停溢血，臉上的妖異紅花紋路擴散至整張臉，色澤甚至逐漸由紅轉黑，看起來怵目驚心，彷彿是開到荼靡、即將潰爛。

花罌粟眼中燒灼起玉石俱焚的火焰，她能感覺到自己的生命在流逝。她不甘心，她明明就只差那麼一步就能成功了。

「你們就跟我一起徹底在這裡沉眠吧！」花罌粟扭曲嬌美的面容，眼底盡是瘋狂，「誰都別想走！」

院內的赤色罌粟花霎時盡數染成深深的暗黑，它們宛如液體，緩慢地朝著四面八方流動著。

它們前一秒還離一刻等人有段距離，可下一秒已漫淹至他們腳下。

它們像活物般淹過了那些年輕人的雙腳，眼看就要蜿蜒而上。

「什……！」柯維安全然沒料到在這種情況下，花罌粟居然還留了最後一手。

黏稠濃厚的黑暗令人想到厚厚的石油，一旦被它們覆蓋，被埋住的雙腳就再也動彈不得。

好不容易才恢復自由的眾人再次被剝奪了行動力。

無論他們怎麼掙動都甩脫不了黑暗的覆沒，他們只能眼睜睜看著漆黑淹過了膝蓋、大腿，逐漸往腰上延展……

柯維安慌亂地抓著筆電抖動，試圖讓金墨再滲出，然而泛著冷光的螢幕毫無反應。

他腦中一片空白，心底泛起涼意，不得不接受令人絕望的事實——他們真的已是強弩之末。

「妳這混帳！」一刻手指往虛空抓握，光點匯集，似乎下一瞬就能重新凝聚形體。

可是，沒有。

凝聚到一半的光點再也後繼無力，在一刻掌中閃爍了幾下，就像燃燒到最後的煙火般瞬間熄滅。

花罌粟的笑意越發癲狂，她再也忍不住地放聲大笑，幾乎能預想到那美好的畫面。

她就算不能成功把這些神使化爲體內養分，但可以把他們一併拖上死路。

或許是記恨著自己如今的下場是拜一刻所賜，一刻身上的黑暗也攀爬得最爲快速，不到一會就要蓋過他的口鼻，殘酷無情地奪走他的呼吸——

但變故這時陡生！

「那可不行。」

被花罌粟當成路邊石頭、從頭到尾沒有關注過一眼的橘劉海少年驀地抬頭，眼底有著鋒銳的光芒。

花罌粟正想大聲嘲笑他的狂妄和愚蠢，可剛勾起的笑容卻在嘴邊凍結。

她看見包裹那名少年的黑暗底下有光。

起先是一道，接著是第二道、第三道……數十道炫白光芒簡直像刀鋒切開了闃黑。

眨眼間，白光就將那層黑暗破壞殆盡，還予那名少年自由之身。

所有人都愣住了。

「這些小朋友我可是要毫髮無傷拎回去的。要不然，我這上司的面子要擺哪呢？」

小范眉毛挑揚，勾起的眼角也像刀尖鋒銳，直視花罌粟的目光異常熠亮，像是燃至最盛的焰火。

他手指靈活翻轉，一把摺扇平空出現。他抓住扇柄，「唰」的一聲俐落攤開扇片。

「我前面可是忍很久了，平常敢這麼讓我做的人得付我鉅款才行。但想必妳也付不出錢來，既然如此——就拿妳的命來抵吧！」

數截扇骨飛出，它們在空中會合成一體，熾白的光輝籠在它的周邊，須臾化成一柄巨劍。

小范手掌一抬，像是隔空操引，巨劍登即撕裂空氣，帶出悠揚的劍鳴聲。

在花罌粟不敢置信的眼神中，那把散發凜凜威壓的兵器破空到來，劍尖倒映入她急遽收縮的瞳孔底處。

花罌粟感受到死亡的陰影籠罩住自己，難以壓抑的寒意和懼意從骨子裡竄出。她慘白著臉，像隻瀕死的獵物做著最後的掙扎。

那短短一瞬，在她眼中像被拉長至永恆，恐懼如潮水包圍住她，令她無法呼吸。

飛起的巨劍不會因爲花罌粟流露駭恐而停下動作。

隨著小范的手指再一橫劃，銳不可擋的巨劍沒入了花罌粟體內，在細微的血肉噗滋聲驟響的同時，毫不留情地捅穿了她的胸口。

花罌粟雙眼暴睜，張大的嘴裡衝出淒厲嚎叫，好似命在旦夕的野獸發出了最後一聲尖鳴。

從她胸口的窟窿處則不斷溢出血紅花瓣，遠遠望去就像源源不絕的鮮血淌下，很快就在她身下堆積成一座花瓣小山。

隨著花瓣越落越多，花罌粟的身影也開始變得淡薄，風再一吹，她的輪廓幾乎再也維持不住……

「不要以爲這樣就結束了啊。」小范鏡片後的貓兒眼熠熠如星，他右腳猛力朝地面一踏，身下的影子內竄出了數道利光。

它們呈幅射狀沖天而起，掀起震盪的氣流，形體越脹越大，最末成爲巨大劍影，風馳電掣地飛擊向天際。

所有人不自覺地仰高頭，在他們大睜的眼瞳中，多道劍影挾裹驚人的威勢，猛地把這個世界——

劈裂！

天空就像玻璃鏡面出現裂紋，紋路瞬間向外擴散，朝著四面八方迅速蔓延。

籠罩在頭頂上的灰色天幕頓時宛如即將支離破碎的蛛網，就算沒有外力觸及，還是在轉瞬間迎來了破滅的下場。

陰暗的天空瓦解，四合院四分五裂，黑暗更是像遇著高溫的寒冰逐漸消融。

隨著這些景象大片大片墜落，這個世界就像被揭下了一直覆蓋的布幕，暴露出原來該有的模樣。

「一刻大哥、墨河、蘇染、蘇冉！」尤里激動的叫嚷如雷劈下。

一刻他們就像經歷了入睡抽動，只覺身子猛地一陣下墜又停住，再回過神時，驚愕地發現到自己原來還坐在遊園車裡。

其他乘客也正在悠悠轉醒。

「一刻大哥你們沒事吧！」尤里緊抓著一刻的手猛力搖晃，搖得還沒完全回神的後者一陣暈眩。

還是花千穗發現一刻的臉色趨近鐵青，很可能下一秒就會把炮火對向自己男友，她連忙拉開尤里的手。

尤里想把手再伸向夏墨河，卻發現對方的座位旁平空出現了一名橘劉海少年。

他震驚地看著那張陌生又好像在哪見過的臉。他記得很清楚，夏墨河旁邊本來沒有人的，所以這人到底是從哪裡冒出來的？

「我們這是……回來了？」柯維安有種不真實感，「花罌粟呢？她真的被消滅了？可是她之前說的那些……改動記憶又是怎麼回事？」

柯維安的喃喃自語同時也是一刻幾人內心的疑惑。

他們打量自己身處的環境，看見車窗外是蔥蘢林木環繞，樹蔭壓下，陰影將日光遮蔽在外。

和不久前身處的四合院光景截然不同。

那裡的陰暗像永遠不會有陽光到來，生機被剝奪，沉沉的死氣盤踞在那幢復古中式大宅院當中。

「見鬼了……」一刻低頭看了自己的左手，神紋隨他意志浮出，微亮的橘芒映入他的眼中。

但當他想要使出更多力量，神紋卻像萎靡般停止不動，而非如往常能隨心所欲地擴展出去。

一刻不是沒碰過這種狀況，這表示他的力量被掏空得差不多了。

也就是說……先前的那場激戰並不是作夢，他們眞的和罌粟花妖對上。

那她現在在哪？眞的徹底消逝了嗎？

「餓了……」秋冬語摸摸自己的肚子，唯一深切的感受只有這個。她翻找自己的小包包，發現飯糰居然還有，而不是眞的在黃磚大宅那時就吃完，不由得眼露欣喜。

秋冬語毫不在意自己到底經歷過什麼，拿起飯糰就開始愉快享用。

相較於這名黑髮少女的自得其樂，其他人心中是被數也數不清的問號佔據。

首先最重要的……

「你到底是誰啊？」尤里指著小范，喊出了大夥的疑惑，「爲什麼會在這裡？」

可緊接著，他們又驚疑地發現到四周場景似乎產生異常變化。

車子、森林、坐在前方的乘客……他們的色彩都開始在濃淡之間來回轉換。

上一秒還是正常的模樣，下一秒卻又像要消融在眾人的視野中。

「怎麼回事？怎麼回事？」柯維安的腦筋瘋狂運轉，嘴上的追問也沒有停下，似乎這樣做可以幫助他找到解答，「花罌粟不是應該掛了嗎？我們回來現實了吧？爲什麼又出問題了？還有你到底是誰啊小范？你不可能是普通路人甲吧？」

小范舉起手，阻止了柯維安的連珠炮追問。他環視眾人一圈，毫不意外看見他們的眼中盡是迷惑和不解。

他們還沒眞正地醒過來。

「你們該醒了，這裡可不是你們該待的地方。」橘劉海少年咧開野蠻鋒銳的笑，右腳再次踩地，「給我——碎啊！」

劍影如花瓣旋開，切開了遊園車的車頂，切開了阻擋在上的蒼鬱枝葉，高速衝向散發金燦光線的蔚藍天空——

劍影發出悠然清越的聲響，恍若蛟龍長鳴。

蓊鬱的森林在褪色，遊園車和車上的其餘乘客在變淡。

世界有如破碎的鏡子劈里啪啦地往下砸落。

劍影沒有停止沖天的勢頭，它們撞破天空，直直向上飛，然後爆發出猛烈炫白的光輝，恍如一輪白日籠罩在上空。

像要灼燒一切的亮度讓人反射性閉上眼。

下一剎那，白光將所有人吞沒——

尾聲

短促的吸氣聲在夜色下響起。

有誰張嘴深吸了一口氣，閉起的雙眼猛然張開。

躺在地上的人影陸續睜開眼睛，從冰冷的地面上慢慢爬起。

他們臉上有著茫然，有著困惑，像不知眼下是什麼時候，自己又是身處在何處。

路燈的昏黃色燈光落下，附近是鐵門拉下或大門緊閉的建築物，黑夜被小巷旁的樓房切割成狹長狀。

柯維安、秋冬語、一刻、夏墨河、蘇染、蘇冉、尤里，還有花千穗，眼露迷茫地東張西望，那迷濛的神情彷彿剛從一場夢境中醒來，還沒完全擺脫夢的干擾。

他們看著自己身處夜間的小巷，但又想不明白自己怎會在這裡。

他們記憶中最後停留的畫面，是陽光明媚燦爛的山林度假村……

是了，明明就在不久前，他們還在銀河方舟度假村。他們搭乘粉紅色的遊園車前往森林區……然後呢？

幾人臉上忍不住露出恍惚，只覺記憶好像受到了某種阻隔，身體跟大腦被切割成兩部分，讓他們遲遲無法眞正反應過來。

「唔啊……」柯維安按著傳來抽痛感的額角，努力想從腦海深處挖掘出什麼，可一時卻徒勞無功。

如牛奶傾倒的奶白霧氣環繞在意識四周，連帶讓柯維安的思路運轉都慢了好幾拍。

「都醒過來了嗎？」直到一道清亮的少女嗓音笑嘻嘻地說。

她音量不大，但落在眾人耳中卻猶如一記閃雷，立即將他們的注意力全數攫住。

「小……小范？」柯維安迷迷糊糊地看著那張皎白臉蛋。

臉蛋的主人留著削得薄薄的俐落短髮，額前是一小片亮麗的橘色劉海，鏡片後是一雙靈動的貓兒眼，勾起的嘴角噙著狡黠笑意。

柯維安眼神越漸清明，瀰漫腦中的迷霧被犀利破開，少年的形象如鏡花水月碎裂，取而代之的是擁有相同特徵的荳蔻少女。

眾人霎時有如醍醐灌頂，那些模糊曖昧的影像徹底散溢，彷若遮蔽的畫布被揭開，暴露出藏在底處的真實樣貌。

柯維安猛然一個激靈，所有記憶全數回籠，「不對！是范相思！」

一直跟著他們的小范壓根不是什麼路人甲，他……不，該說她才對。

她是執行部部長．范相思。

同時也是他們神使的頂頭上司！

「答對啦，幸好你們沒在花罌粟的小世界被弄傻啊。」范相思托著下巴，蹲在路邊看著這票年輕人。

「花罌粟」這個名字一出現，就像是落石擊入平靜的水池裡，在幾人心湖掀起了激烈的波動。

「花罌粟、花罌粟……那個罌粟花妖！」柯維安大叫一聲。

他的喊聲讓一刻幾人反射性抓住了各自的神使武器，不同色澤的神紋在他們身體各部位上顯現。

假如這時候有哪個妖怪經過，一定會震懾於此地的神使氣味居然如此濃烈，讓妖不由得想拔腿就跑。

這下子，所有人是眞的都回想起來究竟發生什麼事了。

他們爲了追捕這陣子在繁星市興風作浪、專對妖怪下手，將之視爲食物的罌粟花妖，特地設下了一場局。

罌粟花妖不僅喜吃妖怪，她還將神使列爲最高級的食物。她能力特殊，不但可以輕易迷惑獵物，還能靠著氣味嗅尋到神使的行蹤。

在得知這項情報後，正巧身在繁星市的一票年輕神使們決定以自身爲餌，分散於不同路線，彼此間保持著適當距離。不過近，讓花罌粟察覺同個地區有複數以上的神使，但也不過遠，一旦有誰撞上花罌粟，其他人就能在短時間內趕來聯手圍剿。

范相思負責在背後統籌一切，關注所有人的動態去向。

至於花千穗也會在這裡，是因爲她跟尤里一同行動。

從高中時得知自己男友不是普通人，而是必須和妖怪對戰的神使後，就一直跟著他東奔西跑，同時也努力強健體力，希望能成爲他的輔助支援。

柯維安用力揉揉臉頰，想起自己就是那個最先被花罌粟鎖定的目標。

「然後發生什麼事了？」夏墨河將凌亂的馬尾解開，用手指耙梳幾下，再重新綁回原來的髮型，「我記得我們趕到這裡，然後看到了……」

「紅色的霧像蘑菇雲爆開。」一刻挖掘著腦中記憶，「柯維安和秋冬語就在那個霧的中心，我們也一併被那些霧氣包圍，再來就是……」

「變成高中生了。」蘇染平靜地說，「或者說，我們的意識被拉進花罌粟的世界，在裡頭我們變成了高中生。」

「啊啊啊！沒錯！」柯維安忽然興奮起來，「和高中生的小白相遇認識，這簡直就是夢幻般的邂逅啊！」

「你腦子有病吧，惡夢還差不多。」一刻面無表情地說。

「我有問題。」尤里轉頭張嘴吃下花千穗遞來的一片巧克力餅乾，三兩下吞下肚才又說，「感覺很像是回到我們高中時期，可是好像又有哪裡怪怪的……」

「當然怪啊。」范相思嫌蹲著腿會痠，乾脆換了姿勢，直接盤腿席地而坐，身下影子變大，像張黑黝黝的墊子鋪在她的屁股下，「那個小世界畢竟是花罌粟用你們的記憶拼湊的，加上她的花粉有讓人遺忘跟記憶錯亂的效果，所以就拼出了一個有些亂七八糟的世界。否則眞按照你們高中那時，哪來的智慧型手機跟LINE啊。」

「怪不得我和小語會不記得小白你們，小白你們也不認得我們……」柯維安恍然大悟，想通了許多環節。

也難怪他們在彼此是陌生人的狀況下，他卻會本能地對一刻產生好感。

沒錯，這都是堅定偉大的室友愛啊！

「甜心，這一定是愛情才讓我在小世界裡也覺得你是個好人！」柯維安的雙眼像盛著許多小星星，閃閃發亮地瞅著一刻。

一刻的回應是一掌把那張臉粗魯地撥開，「愛你媽啦愛！」

「小白不愛小柯……」秋冬語爲這場景做了結論。

柯維安摀著胸，只覺有支箭重重插進他的心口上。

「看你們還一臉傻乎乎的樣子，我換個方式說明吧。」

范相思的指尖在空中畫了一個發光的圓形，接著在裡面又畫了一個圓，讓它們成爲了同心圓。

「你們被拉進去，到了第一層圓，可以把它視作第一重空間。接著你們在銀河方舟度假村裡面昏迷，跑到了奇怪的地方破關，就把那裡看成第二重空間吧。第二重空間主要是消耗你們的戰意和意志力，只要被困在裡面，你們在第一重空間的身體就會變得衰弱。接著會直接影響現實中的肉體，最後很可能造成你們永遠不醒，所以本姑娘只好進去撈你們出來了。」

范相思一陣長吁短嘆，覺得自己為了這群小朋友也操碎了心。

她發現事情不對勁的時候已經來不及，他們都已失去意識，她必須設法潛入花罌粟製造的小世界，幫助他們突破難關。

然而在花罌粟的世界裡，一旦被她察覺到異樣，她就會強行把人排除出去。

為了不打草驚蛇，范相思改了性別，就連全名也隱瞞起來，只讓人用暱稱稱呼。劍靈的力量也壓抑得死死的，假裝自己是個弱小又無助的普通人，讓花罌粟以為自己只是小世界裡的虛假人物之一。

簡單來說，就是讓花罌粟認為范相思只是路邊的一塊石頭或是其他什麼的。

這對她來說一點也不難，畢竟她的本體就是一把劍，本質上與石頭也差不了多少。

這讓她不只進入了第一重空間，之後更順利進入第二重空間，成功和神使們碰面。

直到最後關頭，花罌粟才終於發現這個異質的存在，但已來不及。

「啊！在度假村裡面傳簡訊給我指路的原來是妳！」尤里慢了好幾拍才意會過來。

「本姑娘可聰明吧。」范相思得意地朝尤里擠擠眼。

「那花罌粟呢？」柯維安突然想起最重要的一點，「她被妳的劍影穿心後……」

「她啊，在這。」范相思手掌倏地翻轉，掌心平空冒出了一朵半枯萎的罌粟花，周身還圍著一層黯淡的粉紅霧氣，遠看像小小的粉色光團，「她把你們的意識拖進小世界裡，現實中，則是把自身拆解成無數份，入侵你們的大腦。不過當她的小世界被破解，又遭到嚴重傷害的時候，我一醒來就順利抓到她了。」

范相思毫不留情地將光團裡的罌粟花掐碎，隨著她手指動作，枯碎的花瓣化成極細的塵埃，一點一滴地飄散在空中。

「好啦，說明完畢，等等一人交五千元說明費給我啊。」范相思伸伸懶腰，從地上站了起來。

「搶錢啊妳！」一刻怒不可遏地說。

「對呀，我就是。」范相思臉不紅、氣不喘地說，「要劍靈來救援可是不便宜的，我這可都是報了友情價。」

「不對啊！范相思，妳明明是我們直屬上司吧！」柯維安才不想平白無故被敲詐一筆，「下屬有難，上司出手不是理所當然的嗎？」

「咦？是嗎？有這回事嗎？灰幻你說有這種事嗎？」范相思歪著頭，對著另一端喊了一聲。

「沒有，是他們這群小鬼太蠢，尤其是柯維安根本沒帶腦子。」像被沙礫磨過的男聲冷冷地從陰暗處傳來。

接著人影慢慢走出，路燈照亮了他的外貌。

容顏帶著少年人的青稚，可一身氣質冷硬剛洌，及腰的灰髮向後紮綁，從頭到腳都是一身灰色系的衣飾，蒼白的眼睫和虹膜挑明了他非人類的身分。

「灰幻！爲什麼你會在這？你不是應該在公會裡嗎？」柯維安大吃一驚，過了幾秒指著灰髮少年不滿地抗議，「你剛是人身攻擊吧！是吧是吧是吧！」

「我就是。」灰幻輕蔑地掃了一眼過去，「你想怎樣？有意見嗎，死小鬼。」

「嚶嚶嚶，不敢……」柯維安的氣勢立刻弱下去。沒辦法，他小小神使哪打得過特援部的部長。

別看灰幻年紀看起來比現場所有人來得小，其實人家都活了上百年了，論實力還凌駕在眾神使之上。

「我得進去小世界把你們拉出來，留在外面的肉身當然也要有人看守才行。一來是避免有不長眼的妖怪趁火打劫；二來是避免被人看見，以爲這裡發生了什麼慘案。累死我了，我要回去暴睡一頓……記得給錢啊。」范相思打了個呵欠，身子軟綿綿地向後倒，直接倒進了一個懷抱裡。

灰幻輕而易舉地將懶得再走路的劍靈一把抱起，「我的車停在外面。」

「順便載我們……等等，還是算了。」想到灰幻恐怖的開車技術，柯維安迅速打了退堂鼓，他還是乖乖地用雙腿走路吧。

蘇染、蘇冉在旁邊自顧自地猜拳。

「你們在幹嘛？」一刻狐疑地瞥向那對雙胞胎姊弟。

「在決定你的床上今晚睡誰。」蘇染眼神犀利，就算對方是自己弟弟也毫不退讓。

「是我，或蘇染。」蘇冉的態度也強硬，不願讓步。

「睡你老木！老子的床上只會有我自己，聽懂了沒有！」一刻臉色鐵青，惡狠狠地恫嚇著。

不管是蘇染或蘇冉，都一副左耳進右耳出的態度，擺明沒將一刻的威脅放在心上。

「路上要買宵夜吃嗎？」花千穗的手指和尤里的勾纏一起，她側著臉，路燈在她臉上染上瑩白的淡淡光芒，「我怕你肚子餓。」

「這麼說起來是有點……」尤里用另一隻手摸摸肚子，提高音量問著前面的朋友，「墨河、一刻大哥，你們要吃宵夜嗎？」

「我知道有一間開到半夜的燒烤攤，記得離這不會太遠。」柯維安拎起包包，和秋冬語一起跟上了大部隊的腳步，「還有烤飯糰喔！」

「要吃……」秋冬語對飯糰一向沒有抵抗力。

范相思將頭倚在灰幻胸前，看著那群吵吵鬧鬧的年輕人，像是被他們的活力感染，她咯咯笑起，眼眸燦若繁星。

「一天又平安地過去了，感謝這群小神使的努力啊！」

《花的幻想鄉》完

後記

一年一度的「神劇」～後記時間XD

每次寫「神劇」都是滿足我各種在「神使」裡沒達成的私心，這次則是夢幻的高中生時期！

一直很想讓兩位男主角在高中時碰上一次，突然有靈感浮現，就用被拉進幻境裡來達成這個願望吧。

一刻穿利英制服還是那麼帥，維安和小語則是穿上了第一次亮相的繁星高中制服。在設計制服時就在想要用什麼色系比較好，湖水綠和綠色用過了，黃色的也用過了，那就～紫色好了！

一看到夜風大畫的制服版維安和小語，就覺得這衣服眞的超適合他們，好好看呀。

既然要寫高中時期，就讓潭雅市的小夥伴們也一起亮相，大家等很久的尤里終於帶著他女朋友出場了。

這位人生贏家依舊讓人羨慕嫉妒恨XD

《花的幻想鄉》做了點新挑戰，加入一些解謎元素，讓一刻他們在花罌粟的世界裡闖關。而兩個關卡的特殊NPC，就是我們的黑女士和白大人了。

也許會有人覺得這兩個名字很眼熟，他們兩位在我的另一部作品「幽聲夜語」系列出現過，不過在「神劇」裡就是單純的NPC角色而已，沒有接觸過「幽聲夜語」也沒關係。

假如想要更加認識他們，歡迎收看幽聲夜語的《烏鴉送禍》喔～

下半年除了忙著寫稿之外，也花了一些時間去看電影增加靈感，向大家推薦一下《沙丘》和《永恆族》。沙丘的音樂跟畫面眞的超級美，每一幕都美得像幅畫，配樂也像是能一路震撼進心裡XD

《永恆族》是漫威系列的其中一集，雖然角色眾多，但覺得很厲害的是在一集裡就把每個角色都刻畫出來，讓人充分認識，得以體會他們身上的魅力！

當《神劇五》上市的時候，應該差不多就是年底了，不知不覺一年又要過去，總覺得時間過得有夠快。

疫情改變了大家的生活，也讓許多活動無法舉辦（淚），由衷希望明年的書展可以順利舉行，兩年沒書展真的讓人太難過了……想要現場買書，也好想跟大家見面呀。

總之，希望新的一年事事都能順利！

醉琉璃

神使劇場熱鬧感想區QR Code
歡迎大家上來分享心得唷！

Main Cast

Thanks for reading ♥

國家圖書館出版品預行編目資料

神使劇場：花的幻想鄉 / 醉琉璃 著.
——初版. ——台北市：魔豆文化出版：蓋亞文化發行，2021.12
面； 公分.（Fresh；FS189）
ISBN 978-986-06010-5-3（平裝）
863.57 110018410

作　　者　醉琉璃
插　　畫　夜風
封面設計　莊謹銘
總 編 輯　黃致雲
發 行 人　陳常智
出 版 社　魔豆文化有限公司
發　　行　蓋亞文化有限公司
地址：台北市103承德路二段75巷35號1樓
電話：02-2558-5438　傳真：02-2558-5439
電子信箱：gaea@gaeabooks.com.tw
投稿信箱：editor@gaeabooks.com.tw
郵撥帳號 19769541　戶名：蓋亞文化有限公司
法律顧問　宇達經貿法律事務所
總 經 銷　聯合發行股份有限公司
地址：新北市新店區寶橋路二三五巷六弄六號二樓
電話：02-2917-8022　傳真：02-2915-6275
港澳地區　一代匯集
地址：九龍旺角塘尾道64號龍駒企業大廈10樓B&D室
電話：+852-2783-8102　傳真：+852-2396-0050
初版一刷　2021年12月
定　　價　新台幣 240 元
Published and printed in Taiwan

ISBN 978-986-06010-5-3

魔豆

魔豆